Ghislain FERNANDEZ

Androlia

FANTASY-PARC
EDITIONS

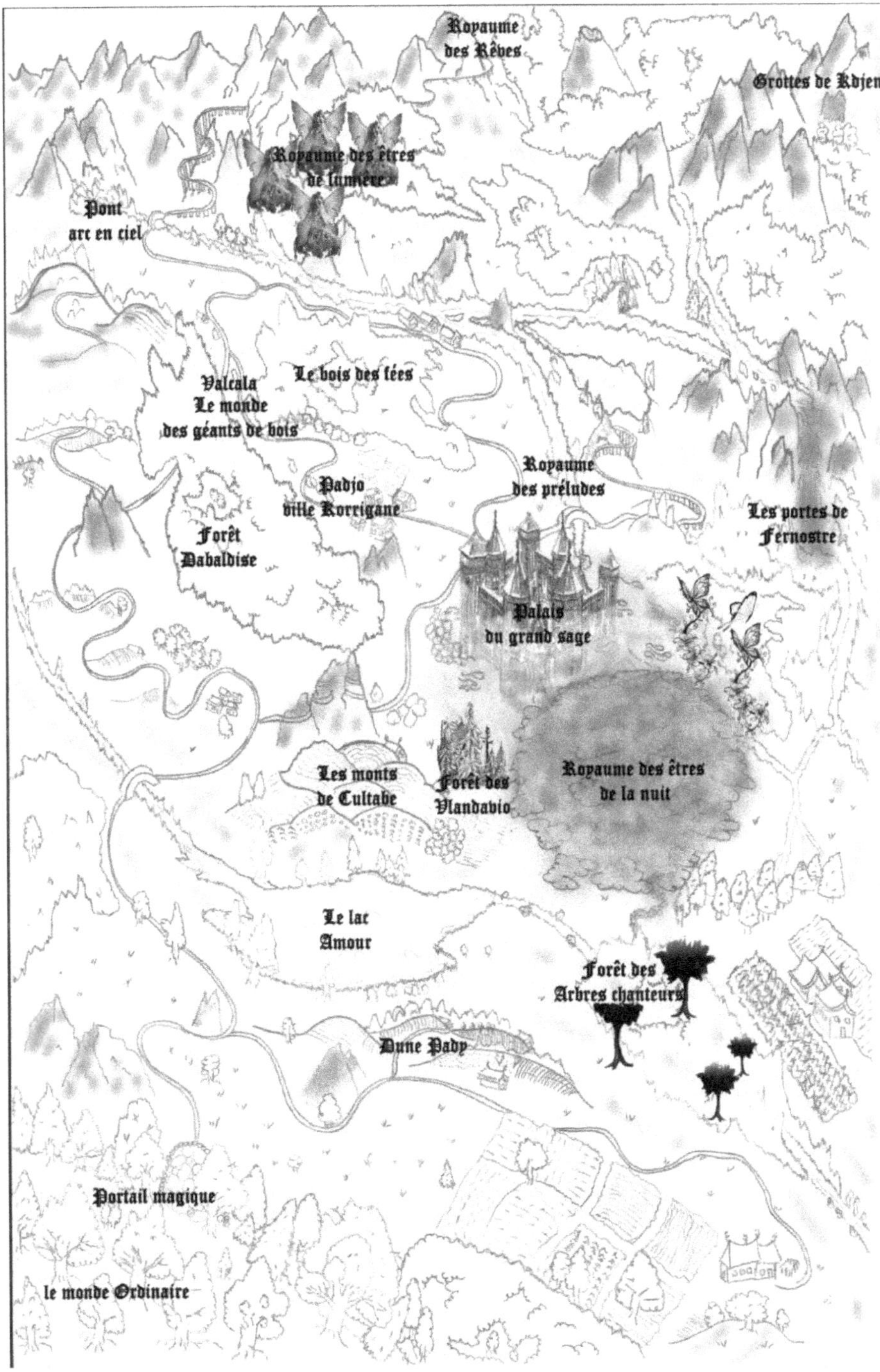
Royaume
des Rêves
Grottes de Kdjen
Royaume des êtres
de lumière
Pont
arc en ciel
Le bois des fées
Valcala
Le monde
des géants de bois
Royaume
des préludes
Padjo
ville Korrigane
Les portes de
Fernostre
Forêt
Dabaldise
Palais
du grand sage
Les monts
de Cultabe
Forêt des
Vlandavio
Royaume des êtres
de la nuit
Le lac
Amour
Forêt des
Arbres chanteurs
Dune Pady
Portail magique
le monde Ordinaire

INTRODUCTION

En des temps anciens, sur Terre, depuis bien avant l'apparition des premiers hommes, existait un royaume magique. Il était peuplé de créatures étonnantes. Il y avait des oiseaux aux couleurs de l'arc-en-ciel, des papillons grands comme des planeurs, des êtres de lumières si brillants qu'il fallait détourner le regard pour ne pas perdre la vue, ou au contraire des êtres de la nuit d'une rare cruauté. Il y avait des géants de bois dans les plaines de Valcala, des chelivents, sorte de cheval aussi blanc que la neige dont la queue et la crinière libéraient des centaines d'étincelles lorsqu'ils couraient. Il y avait aussi des lutins jardiniers qui passaient leur temps à faire pousser des champs entiers de fleurs aux formes spectaculaires et aux couleurs extraordinaires. Parmi eux, le peuple des Magicantes, les plus anciens de tous. L'histoire qui va suivre nous dit qu'ils étaient moitié loup moitié elfe. Que leur rôle consistait à faire régner l'ordre entre les différentes espèces, en contrôlant surtout les korrigans et les êtres de la nuit. Les règles étaient on ne peut plus simples, nul ne devait porter atteinte aux espèces d'Androlia sans le besoin naturel de se nourrir, et aucun humain, jamais, ne devrait fouler ses terres sacrées.

Oui, mais voilà qu'un jour un jeune korrigan du nom de Téogral découvrit, en séjournant secrètement dans le royaume des Magicantes, un portail antique qui séparait Androlia du monde ordinaire. Le jeune korrigan comprit très vite qu'il pouvait s'enrichir en abusant les humains par sa magie. Ses manigances finirent par déclencher de vives jalousies au sein de son peuple qui comptait bien tirer profit des mêmes avantages. Une guerre éclata entre les korrigans et les Magicantes. Les êtres de la nuit virent leur nombre croître et Androlia se trouva fragilisée et au bord de l'effondrement.

Une vieille prophétie, lancée par Ebréelle le grand sage, dit qu'un être au cœur pur pourrait refermer à jamais le portail et rétablir l'ordre, grâce au pouvoir de la clef magique, dérobée par Téogral qui avait su disparaître au nez et à la barbe des gardiens furieux.

1

Un silence bousculé.

Tout commence par une belle soirée d'hiver. Le froid a anormalement envahi les Côtes d'Armor et tout particulièrement la forêt de Coat-an-Noz qui profitait encore des derniers rayons du soleil sur la cime des arbres.

Au cœur des huit cents hectares de bois et de sentiers, un cri aigu avait percé l'obscurité.

Une famille de sangliers qui peinait à trouver de quoi manger, décampa immédiatement, par peur qu'un humain chasseur ne s'en prenne aux marcassins, attiré par les braillements qui se répétaient à intervalle régulier.

Sur le sentier principal errait une jeune fille aux cheveux roux, coiffée d'un gros bonnet en laine, bien emmitouflée dans un manteau noir qui lui remontait jusque sous le nez.

Elle poussait son vélo d'une main et chantonnait en jouant avec la neige qui lui arrivait jusqu'aux mollets.

Océane était une enfant curieuse, souvent rêveuse, qui détestait rester avec ceux de son âge. Elle les trouvait immatures, toujours à se chamailler pour des broutilles. Mais si elle était seule, c'était aussi parce que ses centres d'intérêt divergeaient considérablement de ceux des autres enfants. Premièrement, parce que ses camarades de classe jouissaient de tout le confort d'un vrai foyer, alors qu'elle se trouvait dans une famille d'accueil très indifférente à son bien-être. Elle s'y était habituée et, à vrai dire, y trouvait un certain avantage. Comme ils l'ignoraient la majeure partie du temps, Océane se sauvait après l'école par la fenêtre de sa chambre pour errer dans les bois afin de prendre le temps de rêvasser. L'heure du souper, lorsqu'elle avait le droit de manger, était tardive. Roland, son tuteur légal, finissait son travail après vingt heures trente. Ce qui lui permettait de sillonner la forêt sur le vélo de Pricillia, la fille de Marie et Roland, ses tuteurs.

Elle s'apprêtait à remonter sur le vélo lorsque ce qui ressemblait à un cri de bébé attira son attention.

Il y avait de quoi la surprendre, car en pleine saison hivernale, les sentiers de la forêt de Coat-an-Noz n'étaient plus empruntés que par de rares cyclistes qui n'auraient jamais conduit un bébé dans un froid pareil, sans compter qu'il était déjà très tard. Se pouvait-il que cela provienne d'une habitation en bordure de bois ? Elle ne connaissait pas la forêt comme sa poche, mais elle aurait pu jurer que dans cette partie-ci aucune maison n'avait été construite.

Un sentiment étrange lui dictait d'aller voir, alors qu'elle n'imaginait pas une seule seconde que des parents puissent abandonner un bébé dans une forêt en plein hiver. L'histoire du petit Poucet la fit tressaillir de terreur. Se pouvait-il que d'horribles parents abandonnent vraiment un enfant dans ce froid ? Elle-même avait été abandonnée mais, au moins, ils avaient eu la bonté de la déposer à l'entrée de l'orphelinat. Soudain, elle avait peur, peur que celui ou celle qui laisserait son petit dans pareille circonstance, puisse lui faire du mal parce qu'elle était témoin de la scène.

Les cris provenaient de derrière les buissons de buis couverts de neige.

Il n'y avait aucune trace de pas, pas la moindre âme qui vive à part elle et l'être qui criait à s'en arracher les cordes vocales. À bien y réfléchir, cela ne ressemblait plus vraiment à des cris humains, voir à aucun animal qu'elle connaissait et qu'elle avait étudié en classe.

Il se faisait tard. Si elle traînait d'avantage, ses tuteurs finiraient par se rendre compte de son absence. Hésitante, Océane s'obligea à poser son vélo pour contourner le plus possible les barrières de ronces et de buis qui se dressaient sur son passage.

Plus elle s'éloignait du sentier, plus les arbres prenaient des aspects inquiétants.

Elle se baissa pour glisser sous une grosse branche couverte de neige, fit le tour d'un tronc immense, pour se retrouver dans une petite trouée d'une dizaine de mètres de diamètre. Elle tourna sur elle-même car les cris avaient cessé. Rien de bon, se disait-elle. Convaincue qu'elle s'était jetée dans un piège et qu'un ogre, ou pire, allait surgir de nulle part pour la dévorer à l'insu de tous. Le cœur battant, Océane se força à oublier ce qui n'était que le fruit de son imagination. Jamais personne n'avait rapporté de telles sornettes. Les ogres n'existaient pas et encore moins dans cette région. Ensuite, si on avait voulu l'attaquer cela faisait un moment qu'ils auraient pu passer à l'acte.

Le silence inquiétant, ajouté à l'obscurité, la poussait à faire demi-tour. Elle enjamba une branche basse quand, au même moment, un cri inhumain la fit sursauter et tomber à la renverse. Elle se releva comme un ressort et, tout en s'époussetant, fit un effort surhumain pour ne pas partir en courant. La chose mystérieuse gémissait tristement. Une raison suffisante pour qu'elle poursuive ses recherches malgré le froid et la nuit qui s'installaient. Elle souleva une grosse branche, écarta un buisson de plus et finalement, les yeux éberlués, elle découvrit une étrange créature.

2

Une trouvaille surprenante.

Sous les branches d'un sapin, bien au sec sur un lit d'aiguilles, se trouvait une espèce de morceau de bois qui gigotait dans tous les sens en pleurant.

Océane faillit avaler de travers, s'attendant à tout sauf à ça. Figée sur place, elle observait l'étrange créature sans trop savoir quoi faire ni que penser. Cela ne ressemblait, ni de près ou de loin, à rien de ce qu'elle connaissait. Et elle n'était pas sûre qu'un adulte puisse en dire davantage. Ce n'était tout au plus qu'une vieille souche d'arbre. Un peu comme un tronçon de bois coupé pour la cheminée, mais qui serait doté de bras et de jambes mal définis.

— T'es quoi toi, ou plutôt t'es qui ? chuchota-t-elle en tendant les mains vers le petit être de bois.

La créature laissa apparaître deux grands yeux d'un rouge vif au centre de deux nœuds concentriques jusque-là dissimulés dans l'écorce qui la couvrait entièrement.

— Si tu me mords je te laisse ici ! l'avertit-elle pour se donner du cœur à l'ouvrage, en ne sachant pas si elle serait comprise.

Prudente, elle plaça ses mains entre les protubérances qui gesticulaient et souleva le petit être en jaugeant son poids.

— Bigre, que tu es lourd !

La chose gazouilla comme un bébé et à sa grande surprise le contact était doux et tendre. Une agréable chaleur émanait de la créature et lorsqu'elle la plaça contre elle pour ressortir des buissons, elle put entendre le rythme d'un petit cœur se caler à l'unisson avec le sien.

— J'ai dû faire une chute sur la tête, ou alors je vais bientôt me réveiller ! se dit Océane en souriant.

Faire du vélo avec une bûche sous un bras n'était pas aisé, surtout dans dix centimètres de neige. Poursuivre à pied était hors de question. Dans peu de temps, Roland rentrerait et elle se ferait attraper. La dernière fois qu'ils l'avaient punie, elle n'avait pas mangé durant deux jours de suite et avait reçu trois gifles qui lui avaient brûlé la joue pendant des heures.

La jeune orpheline redoubla d'efforts pour accélérer l'allure, tout en maugréant sur la neige qui rendait son équilibre précaire. Dans la montée suivante, elle appuya plus fort sur ses pédales et son pied ripa. Avant qu'elle ne puisse faire quoi que ce soit, son petit protégé lui échappa des mains pour voler dans les airs. La pauvre fille se reçut sur l'épaule, avant de rouler sur le dos. Le petit être en bois, quant à lui, rencontra d'abord un tronc pour finir son vol plané dans les ronces.

Océane resta un instant allongée dans la neige. L'esprit confus, elle évalua les dégâts. Elle ne souffrait d'aucun mal apparent.

La petite créature, quant à elle, gigotait dans tous les sens en émettant des ronchonnements.

— Oh, pardon... Pardon, pardon, pardon ! se confondit-elle en excuses, en la ramassant délicatement. Je te demande pardon, je te promets que je vais faire plus attention ! assura l'enfant en découvrant la belle bosse juste au-dessus des deux yeux de la créature qui se retrouva avec un œil complètement fermé, tel un boxeur.

— Je suis vraiment désolée ! s'exclama-elle en remontant sur le vélo de Pricillia. Dès qu'on arrive chez moi, je te soignerai.

Il lui fallut plus de trois quarts d'heure pour rejoindre la petite route qui menait à sa maison. Sur le bitume, le froid avait rendu la chaussée si glissante, qu'elle redoubla de prudence pour ne pas s'affaler une nouvelle fois. La voiture de Roland n'était pas encore garée, une bonne nouvelle puisqu'elle allait pouvoir regagner sa chambre en escaladant les claustras qui bordaient la terrasse, sans avoir à courir sur un sol en partie gelé.

Après avoir replacé méticuleusement le vélo de Pricillia, Océane décida de monter le petit être dans sa chambre. Le laisser caché dans le chalet risquerait d'attirer ses tuteurs au premier cri. Elle ramassa une corde jetée dans un coin, fixa solidement la créature dans son dos et se pressa de gravir les claustras pour enfin se jeter au pied de son lit complètement essoufflée.

— Je n'veux pas dire, mais t'es lourd mon grand !

3

Un repas rapide.

Le cœur battant la chamade, Océane s'installa sur le rebord du lit pour contempler sa trouvaille.

Étonnamment, la créature se tenait tranquille tout en l'observant avec son unique œil encore ouvert.

— Comment puis-je te soigner ? s'exaspéra-t-elle à court d'idées. Et qu'est-ce que tu manges, d'ailleurs ? Oh, la, la. Je crois que j'ai peut-être fait une bêtise ! s'inquiéta-t-elle en allumant la lumière. Je n'ai pas la moindre idée de ce que je vais faire de toi ! Étais-tu vraiment abandonné ?

— Océane ! hurla une voix féminine.

— J'ARRIVE ! s'empressa-t-elle de répondre pour ne pas voir surgir Pricillia dans sa chambre. Tu restes tranquille, d'accord ? Si tu fais du bruit, ils viendront te chercher. Je crains le pire avec Roland. Il est parfois aussi idiot qu'une valise sans poignée. Il serait capable de te jeter au feu sans chercher à savoir de quel bois t'es fait !

La souche se laissa déposer dans le placard et cligna de l'œil comme si elle avait une poussière qui la gênait.

La jeune fille dévala les marches, et se mit à table sans broncher. Elle n'ouvrait la bouche que pour manger. Les adultes et Pricillia leur unique fille détestaient qu'elle participe aux conversations. Océane se contentait donc de finir son assiette sans se préoccuper des exposés à n'en plus finir de Roland qui expliquait sa journée de travail de long en large comme s'il était le seul à avoir un emploi fatigant.

Océane avala sa soupe en silence, dévorant son fromage et son orange en se demandant ce que pouvait manger un être de la forêt. C'est alors que lui revint en mémoire la passion débordante de Clémentine. Sa camarade passait son temps à expliquer comment elle avait réussi à faire pousser un pépin de poire, comment ses salades poussaient dans la serre de son père, comment il fallait faire pour greffer un pommier. S'il y avait quelqu'un qui puisse l'aider avec son morceau de bois vivant, c'était bien Clémentine. « À croire que son prénom avait été prémonitoire », s'amusa Océane.

— Si tu as fini, tu peux y aller ! l'invita Marie sur un ton peu avenant.

La pauvre enfant se leva, déposa assiette, couverts et verre dans le lave-vaisselle puis s'éloigna en les remerciant pour le repas.

Dans son dos, elle entendit Marie parler à voix basse.

— Je ne supporte plus sa présence !

— Tu sais bien qu'avec ton chômage on a besoin qu'elle reste. Ça ne paie pas beaucoup mais c'est mieux que rien.

— Je n'aime pas son regard…

Océane blessée dans son amour-propre se réfugia dans sa chambre. Elle n'était pas aimée, mais elle ne devait pas se plaindre. D'autres enfants n'avaient même pas de quoi se nourrir convenablement. Elle possédait sa propre chambre et même si elle n'avait que peu d'affaires, c'était toujours mieux que d'être au pensionnat.

Elle ouvrit le placard et trouva le bout de bois rondouillard qui se mit à gigoter à sa vue.

— Il faut que je te donne un nom ! déclara-t-elle en jouant avec sa bouche pour mieux réfléchir. Que dirais-tu de bobosse, non, b…b…b… Pfff… Je ne suis vraiment pas douée ! se désola-t-elle dépitée.

4

Un début d'amitié.

La nuit fut longue pour Océane. Elle n'avait trouvé le sommeil qu'aux aurores, ce qui rendit son réveil douloureux pour ses paupières.

La petite créature ne s'était pas envolée mais, curieusement, à la lumière du jour elle paraissait différente. Plus grande, moins grasse, plus longiligne. Ses quatre protubérances s'étaient affinées et des détails de doigts prenaient maintenant naissance aux extrémités.

— Pour nous, les humains, ce qui pousse en premier ce sont nos dents ! s'amusa-t-elle en le prenant dans ses bras. Je vais devoir te mettre dans mon sac d'école. Je sais que tu n'as rien mangé depuis hier, peut-être encore plus, mais à moins que tu me dises ce que tu veux, tu vas devoir attendre que ma copine Clémentine comprenne comment t'aider !

Comme tous les matins, Océane partait le ventre vide, car sa famille d'accueil lui interdisait de mettre les pieds sous la table au petit-déjeuner. Marie prétextait que cela lui donnait la migraine.

Le sac rempli à craquer sur l'épaule, la jeune fille se hâta de sortir sans dire un mot pour ne pas troubler leur repas et courut, excitée de pouvoir partager son secret avec quelqu'un d'autre.

En arrivant devant le collège, elle chercha immédiatement la botaniste en herbe qui était assise sur les marches donnant devant l'entrée principale.

Elle mourait d'envie de tout lui révéler, mais l'endroit était mal choisi et, de toute façon, la jeune fille qui l'intéressait n'avait d'yeux que pour un camarade de classe qui portait le même prénom qu'elle au masculin.

Certains élèves étaient de véritables enquiquineurs. Elle les imaginait déjà se faisant des passes hautes avec son petit protégé comme avec un vulgaire ballon de rugby.

— Bonjour Clémentine !

Celle-ci leva les yeux incrédules sur Océane avant de regarder Clément rejoindre ses amis de classe.

— Bonjour ! se hasarda la jeune fille qui était étonnée qu'on s'adresse à elle.

— Tu fais quoi après l'école ?

— Normalement, j'aide mon père dans la grande serre, mais il doit aller chercher les cadeaux de Noël avec ma mère. Je présume donc que je préparerai une marmelade d'ortie ! se confia Clémentine en terminant ses explications par un haussement d'épaules.

— Ça te dirait de me faire visiter vos serres ! ?

— En l'absence de mon père, je n'ai pas le droit d'emmener des gens.

— Ah ! se désola Océane qui avait placé tous ses espoirs dans cet échange privilégié.

— Mais je peux te montrer celle que mon père m'a fabriquée, elle est plus petite, les plantes sont moins belles, mais si tu veux je serai heureuse de te la faire visiter. Et tu pourras peut-être m'aider à préparer ma mixture.

— C'est chouette ! s'anima Océane au moment où la sonnerie retentissait dans la cour.

Les enfants se dirigèrent docilement vers les classes et, en un rien de temps, la cour fut déserte.

C'était le dernier jour d'école avant les vacances de Noël. Chacun avait eu le droit d'apporter des jeux de société qui seraient utilisés dans l'après-midi.

Madame Pompar, leur professeur principal, fit son cours d'histoire sur les légendes bretonnes. Elle incitait ses élèves à raconter des anecdotes qu'ils auraient entendues.

Parfois, certains contaient des histoires de famille un peu enjolivées. Océane n'avait rien d'intéressant à exposer. La seule chose d'extraordinaire se trouvait toujours dans son sac d'école qui bougeait tout seul dans son coin. À l'heure du repas, elle s'était réfugiée dans les toilettes pour s'assurer que la créature était toujours en vie. Le bout de bois la regardait sans colère ni tristesse. Il usait seulement de ses branches de temps en temps pour battre l'air.

Soulagée de le voir en bonne santé, Océane retourna en classe en s'exaspérant des trois heures restantes à supporter pour qu'enfin la journée se finisse. Elle s'installa au fond de la salle, plaça son sac entre ses pieds et tendit une oreille distraite pour écouter les consignes de révisions apportées par son professeur. Un élève sortit une boîte qu'il s'empressa d'ouvrir pour répandre sur la table un plateau, des dés, des cartes et des figurines. Madame Pompar, à la vue de certaines figurines, commença à expliquer un tas de choses sur les korrigans. Même après que le garçon lui eût dit que les créatures n'avaient rien à voir avec ces êtres imaginaires. Madame Pompar, semblait incollable à leur sujet, et loquace pour en parler. Elle avait des centaines de choses à en dire. Ils pouvaient être grands, petits, farceurs, voleurs, parfois ils usaient de plaisanteries douteuses de très mauvais goût. Pour répondre à la curiosité de certains de ses élèves, elle fit l'effort de sortir des images les représentant. Parmi ces dernières, Océane crut reconnaître dans les dessins la créature qu'elle transportait dans son sac. Océane, pleine d'entrain, demanda alors à Madame Pompar comment se nourrissaient les korrigans.

Sa déception fut de taille lorsque son professeur ne proposa que des suppositions sans grande importance. Elle ajouta que les korrigans étaient des êtres magiques, et qu'il était probable qu'ils ne mangent pas.

Les enfants s'installèrent autour des jeux de société qui comblèrent les heures restantes de cours, pour aider à passer le temps. Les heures s'égrainèrent lentement pour la jeune orpheline qui ne cessait de lever le nez sur l'horloge accrochée au-dessus du tableau de classe.

5

Un fardeau à partager.

La sonnerie retentit dans les classes, tirant brutalement Océane de ses songes. Toutes les révélations de Madame Pompar apportaient de l'eau à son moulin. Cependant, la créature qu'elle cachait avait plus des aspects de bout de bois que de gnome ou de lutin. Avoir l'avis de Clémentine restait donc essentiel pour pouvoir le nourrir dans un premier temps. D'après les légendes, les korrigans seraient les gardiens des trésors des collines. D'après son professeur, s'ils étaient riches, ils étaient aussi avares et facétieux. Cette précision lui faisait penser davantage au Leprechaun, le petit être imaginaire tiré du Folklore Irlandais. Par conséquent, le petit être en bois qu'elle protégeait s'éloignait de plus en plus de cette possibilité, pour s'apparenter plutôt à Pinocchio, le personnage imaginaire du journaliste et écrivain italien, Carlo Collodi.

Tout en se remémorant le film d'animation, elle se rendit devant le grand portail de l'école pour retrouver sa nouvelle amie qui l'attendait déjà assise contre le muret. Clémentine l'invita d'un mouvement de tête à rejoindre l'arrêt de bus, quand Clément leur passa devant. Un instant, elle crut le voir lui sourire, mais le temps qu'elle réagisse il était monté dans le car pour s'éclipser derrière la dernière rangée de sièges et pour ne plus réapparaître.

Clémentine se sentait euphorique. L'école était finie, Noël approchait à grands pas, Clément semblait s'intéresser à elle et Océane voulait devenir son amie. Elle était enthousiaste de pouvoir partager sa passion pour les végétaux, mais elle était loin de s'imaginer que sa nouvelle amie allait lui montrer une espèce de plante inconnue de l'homme.

En arrivant chez les agriculteurs, Océane fut séduite par les immenses espaces de verdure entrecoupés de grandes serres en forme de tunnel. Le car les avait laissées loin de la propriété. Elles marchèrent quelques minutes sur le chemin couvert de neige avant de trouver une vieille bâtisse toute en pierres enclavée entre deux longères aux toits délabrés.

— Veux-tu goûter ? proposa poliment Clémentine en déposant son sac dans l'entrée.

— Je n'en prends jamais à la maison ! avoua Océane en braquant ses beaux yeux bleus sur les étagères de la cuisine.

— Une orange ? Moi j'aime bien en prendre une avec du chocolat au lait.

Océane, un peu embarrassée, haussa les épaules.

— Clémentine qui aime les oranges, quoi de plus normal ! plaisanta-t-elle en conservant son sac d'école sur son épaule.

— Tu peux le laisser devant la porte ! assura la jeune hôtesse en riant à la plaisanterie.

— En fait, j'aimerais avoir ton avis et tes conseils sur un truc que j'ai trouvé dans la forêt hier soir.

— Tu as ramassé quelque chose en plein hiver ? C'est quoi ? Un champignon d'écorce ?

— Ça y ressemble, mais non ! répondit Océane en posant son sac par terre pour l'ouvrir.

Lorsqu'elle sortit la petite créature, Clémentine en resta sans voix. Elle ouvrit de grands yeux et laissa pendre sa mâchoire inférieure en dodelinant de la tête.

— Non d'un potimarron… C'est quoi ?

— Aucune idée, j'espérais que tu pourrais m'aider à le découvrir !

— Je n'en ai pas la moindre idée, Océane. Je n'ai jamais vu un truc pareil. Ça ressemble à un bébé troll.

— Tu te rends compte de ce que tu dis ! se désola l'orpheline, consternée.

— Je sais, j'ai du mal à le croire moi-même, mais je peux, sans trop risquer de me tromper, te dire que ce n'est pas végétal. Mon père pourrait nous en dire plus s'il pouvait le voir.

— Ah non, aucun adulte ne doit savoir qu'il existe. Tu dois me promettre que tu garderas le secret, Clémentine. Je te fais confiance !

— Et tu dis que tu l'as eu comment, déjà ? poursuivit la jeune fille totalement envoûtée par l'improbable créature.

— Il pleurait sous un sapin. Comme il n'y avait personne, j'ai cru bon de le prendre pour lui éviter de mourir de faim ou de froid !

— C'est courageux de ta part. Moi, je ne sais pas si j'aurais osé. Déjà parce qu'il est peut-être porteur d'une maladie incurable, ensuite parce que je doute que ses parents l'aient abandonné.

Océane regarda la petite créature avec répugnance.

— Des maladies ? grimaça-t-elle.

— C'est toujours un risque, tu sais ; un peu comme cueillir des champignons sans expérience. Mon cousin a fait une semaine d'hôpital en voulant manger sa cueillette sans demander l'avis d'un spécialiste.

— Je ne compte pas le manger ! s'offusqua Océane.

— Je m'en doute, mais rien qu'en le touchant tu pourrais avoir contracté une maladie grave et aussi rare que ce machin.

— Tout de suite les grands mots ! s'inquiéta la pauvre fille en tendant les bras pour l'éloigner d'elle.

— En même temps, si tu l'as depuis hier soir et, que tu n'as aucun signe particulier, des boutons, de la fièvre, de la bave intempestive, le nez qui tombe, les yeux qui veulent sortir de leur orbite, je suppose que tu ne risques rien ! s'amusa Clémentine.

— Je me sens tout de suite mieux ! contra Océane en ne sachant plus très bien quoi faire de la souche vivante. Ça veut dire que tu n'as aucune idée de la manière dont je pourrais le nourrir ?

— Je suis désolée mais, à part des suppositions, c'est à peu près tout ce que je pourrai pour toi !

— Et que me proposes-tu dans ce cas ? Parce que moi, je suis à court d'idées.

— Si on se réfère aux plantes invasives, le contact avec certaines fleurs ou essences végétales pourrait bien lui être bénéfique.

— Rien compris ! ? ! s'énerva un peu Océane.

— Pardon, j'ai toujours l'impression d'être avec mon papa. Si tu veux, on va aller dans ma serre privée et, ensemble, on regardera ce qu'il préférerait grignoter. Tu l'as appelé comment ?

— Il n'a pas encore de nom !

Clémentine se mit à rire à gorge déployée.

— Il a une bosse sur le front. Tu ne l'as pas nourri, tu le caches dans un sac où il risque de s'étouffer, il n'a pas de nom… T'es sûre que tu lui veux du bien ?

— J'ai été prise de court ! se défendit Océane.

— Bon, au moins, tu ne joues pas au ballon avec lui c'est déjà ça !

Au visage que fit l'apprentie maman, Clémentine se sentit obligée d'insister.

— Tu ne le cognes pas, au moins ?

— Ça compte si je l'ai fait tomber de vélo ? !

Clémentine pinça ses lèvres et fit plusieurs fois non de la tête.

— Ma pauvre Océane, je crois que tu aurais dû le laisser là où tu l'as trouvé. Il était plus en sécurité seul qu'avec toi comme maman.

— Je sais, j'ai fait n'importe quoi… Je n'ai pas réfléchi une minute. Ce soir, je vais essayer de trouver ses parents. Mais avant, j'aimerais au moins que notre rencontre soit bénéfique.

— Tu veux dire que tu voudrais qu'il se souvienne de toi en bien ? la taquina la jeune agricultrice. Allez ! Prends du chocolat et on va voir ce qu'on peut lui donner à manger à ton truc !

6
Quork.

Océane imita sa nouvelle copine en se préparant une longue tartine de pain de campagne, surmontée de pâte à tartiner au chocolat.

Clémentine la pressa de la suivre, prétextant que ses parents reviendraient sans tarder. Tout en dévorant leur goûter, elles traversèrent le champ de maïs pour s'enfoncer dans un tunnel de bâches tendues sur des arceaux métalliques rouillés.

— C'est ça ta serre privée ?

— Pas mal hein ? répondit joyeusement la propriétaire en refermant le rideau en toile pour que le froid ne s'invite trop longtemps à l'intérieur.

— Je m'attendais à quelque chose de plus... rudimentaire, pour être honnête avec toi.

— Mon père voulait que je sois bien. Il y a des enfants qui ont des cabanes dans les arbres, d'autres des vélos de compétition, ou alors ils partent en voyage pour visiter le monde... Moi, c'est ça mon truc !

— Et moi, c'est me promener dans la forêt ! coupa Océane, médusée devant les plantations.

Il y avait des plantes dans tous les recoins et seulement un étroit chemin de graviers qui serpentait entre des branches, et des tiges de graminacées dont les larges panaches de feuilles se paraient de couleurs automnales. Une chaleur humide, un peu étouffante, incommodait Océane trop couverte pour un pareil endroit.

— Mon père est fou, mais je l'aime beaucoup ! déclara Clémentine, amusée.

— Tu en as de la chance ! souffla l'orpheline envieuse.

— Tu ne t'entends pas avec ton père ?

— Je vis dans une famille d'accueil, répondit Océane sans détour. Je n'ai pas de parents. Je n'ai pas le tiers de ton confort, je n'avais même jusqu'à ce jour, jamais goûté au chocolat.

— Tu plaisantes ?

— Non, c'est vrai !

— Tes tuteurs te maltraitent ?

— Noooon, je ne peux pas dire ça. J'ai ma propre chambre, un repas presque tous les soirs, et ils ne s'occupent pas trop de moi. Je suis donc tranquille d'une certaine façon. Mais je vois bien que je les dérange. Marie, ma tutrice, ne supporte plus ma présence. Alors je fais de mon mieux pour être discrète.

— Je ne savais pas ! s'attrista son amie.

— Laisse tomber… Je préférerais qu'on s'occupe de Quork !

— Quork ?

— C'est son nom ! affirma Océane pour rebondir sur autre chose de moins mélancolique.

— Quork… Ça sonne bien, je trouve ! la conforta Clémentine en la regardant sortir Quork du sac. Tu n'as qu'à le poser là. On va commencer simple. L'herboristerie convient aux animaux et aux humains, peut-être que ça marchera sur un korrigan ! ?

— Ce n'est pas un korrigan !

— Peut-être que non, mais tant que tu ne pourras pas prouver le contraire, il restera dans la famille des korrigans ! affirma la jeune horticultrice en lui faisant un clin d'œil.

— Admettons ! accepta Océane en souriant.

— Bon ! Ma chère, les plantes idéales en herboristerie se trouvent pratiquement toutes dans ma serre. Il y a l'ortie ici, la consoude là-bas, et si ça ne marche pas on le rapprochera des feuilles de framboisiers. Toutes ces plantes sont nourrissantes en infusion, mais je ne crois pas que l'on verrait un korrigan se faire une petite tisane en pleine forêt !

Les filles se mirent à rire en imaginant un lutin des bois se servir d'un micro-ondes pour chauffer une tasse de thé.

Océane plaça, hésitante, Quork au milieu des orties en demandant si Clémentine savait ce qu'elle faisait.

— Je crois qu'il aura moins mal là-dedans qu'en tombant de ton vélo !

La petite créature éternua presque immédiatement, sans ouvrir la bouche. Océane se dépêcha de le reprendre dans ses bras en lui demandant pardon.

— Bon, ben, on va essayer de le mettre entre les pieds de framboisiers, si tu n'y vois pas d'objection.

Cette fois-ci, il tremblota en agitant ses drôles de petits bras atrophiés.

— Quork, tu pourrais faire un effort ! le gronda Clémentine, pendant que sa copine le réconfortait contre elle.

Elles le baladèrent ainsi pendant une bonne demi-heure. Le frottant contre des écorces, en le faisant toucher des feuilles de poireaux, ou encore en le plongeant dans les choux, mais Quork témoignait d'un état de stress des plus marqués.

— Si au moins il avait une bouche ! se lamenta Clémentine.

— En théorie, il doit en avoir une, puisqu'il criait hier soir. Et je n'vois pas comment il pourrait éternuer s'il n'avait pas une ouverture !

— Hééééé, c'est une bonne analyse ça... Dans ce cas on doit trouver l'entrée !

— Tu commences à me faire peur ! signala Océane en arquant un sourcil.

Elles se rapprochèrent de la petite créature pour l'inspecter sous toutes les coutures. Elle était couverte d'écorce. Aussi leur logique voulait que la bouche se trouve proche des yeux.

— On dirait que c'est là, regarde ! s'extasia Clémentine. Mets ton doigt pour voir s'il veut téter.

— Et puis quoi encore ! ? Pas question que je me fasse mordre, non, non et non ! râla Océane en voyant le regard insistant de sa nouvelle amie.

— Tu es un peu sa maman, maintenant. S'il avait voulu te mordre, il l'aurait fait depuis longtemps, tu ne crois pas ! ?

La pauvre orpheline grimaçait, tout en avançant son index tendu sous les yeux rouges de Quork, avant de le retirer promptement en poussant des petits cris de peur.

— Je n'peux pas !

— Allez ! C'est pour la bonne cause ! insista Clémentine en riant de bon cœur.

— Non, vas-y, toi. C'est ton truc les plantes !

— Oui, mais je ne fais pas dans le gobelin, l'ogre, ou le korrigan ! protesta-t-elle.

Océane prit son courage à deux mains, tendit son index et l'avança prudemment.

— Attends ! s'écria soudain Clémentine en faisant sursauter son amie qui lâcha Quork au-dessus du tas de fumier.

— Pourquoi t'as crié ? s'énerva Océane en s'apprêtant à ramasser la petite créature.

— D'abord, je n'ai pas crié, et puis je me disais qu'on pouvait le remettre dans les orties et voir exactement d'où sort l'air quand il éternue !

Mais Quork s'agitait dans tous les sens pour s'enfoncer d'un tiers dans le tas de déchets d'où sortaient des asticots dérangés par sa subite présence.

— Il fait quoi ? s'alarma Océane. Il tente de me fuir !

— Pas du tout, regarde, il mange.

— Mais c'est dégoûtant !

— Ce ne sont que des pelures de légumes. Ton fils adore, on dirait !

— D'abord, ce n'est pas mon fils et, ensuite, ce sont des vers de terre qu'il avale ! s'emporta Océane complètement écœurée.

— Ce ne sont pas des vers de terre mais...

— Tu dis un mot de plus et je te mords ! prévint celle-ci sur le point de rendre sa tartine au chocolat.

7

La transformation d'un korrigan.

Clémentine et Océane décidèrent de laisser Quork se repaître des petits asticots du tas de compost en s'éloignant vers les plantes vertes que la propriétaire décrivit avec volubilité et fierté.

Quand elles portèrent à nouveau leur attention sur Quork, celui-ci avait muté en une sorte de petit bout d'humain aux traits marqués de profondes stries, mettant en évidence un nez pointu, une bouche aux lèvres charnues et des paupières aussi larges que les yeux étaient grands et expressifs.

— D'accoorrrrd ! s'exclama l'orpheline, qui ne savait plus quoi dire.

— Je ne veux pas que tu le prennes mal, Océane, mais il ressemble de plus en plus à un korrigan, ce petit Quork !

— Et il devient urgent que je le rapporte dans la forêt... S'il continue de grandir comme ça, cette nuit, il sera aussi grand que nous et je ne pourrai plus le cacher ! s'affola Océane. Je dois te laisser, Clémentine, il faut vraiment que je le reconduise chez lui.

— Je vais t'accompagner !

— Tu n'y penses pas ? Il est tard, il fera nuit quand je serai arrivée là-bas !

— Tu me dois bien ça ! ? la supplia Clémentine.

— Je ne veux pas avoir d'embêtement, Clémentine. Mes tuteurs ne se rendront jamais compte de mon absence, alors que tes parents vont déclencher la troisième guerre mondiale pour te retrouver.

— Mais je n'ai qu'à leur dire que je dors chez toi... Tu disais avoir une chambre seule. Demain, nous sommes en vacances, ils n'y verront aucune objection.

— Mais Marie et Roland, si ! contra Océane. C'est mieux pour tout le monde que j'y aille seule.

Clémentine fit une tête de malheureuse. Elle intensifia la supplication par une moue exagérément triste.

— Je vais avoir des ennuis, Clémentine. Je sais que je te dois beaucoup, c'est même sympa d'avoir une vraie copine, mais ne m'oblige pas. Si on se fait prendre, je retourne direct en foyer d'accueil pour les quatre dernières années de ma jeunesse !

— Je comprends ! abdiqua la jeune horticultrice avec sincérité. Je vais te chercher un sac plus grand que tu pourras percer de petits trous pour qu'il puisse respirer !

Lorsqu'elle revint, Océane se sentait gênée de ne pas l'entraîner dans son aventure, et puis elle avait un peu peur à présent.

— Bon, écoute, je veux bien que tu viennes mais tu devras faire tout ce que je te dis. J'n'ai vraiment pas envie de retourner à l'orphelinat.

— Tu peux compter sur moi ! attesta l'adolescente qui n'arrivait plus à dissimuler sa joie.

— De toute façon, j'ai la trouille d'y retourner seule ! admit Océane en plaçant Quork dans le grand sac déposé à ses pieds.

Le petit korrigan s'agrippa au rebord en protestant par des petits cris aigus.

— Ça, c'n'est pas bon. S'il fait autant de bruit, jamais nous n'arriverons à duper tes parents.

— On va le cacher dans le local à poubelle et ensuite nous irons voir mes parents. Je leur dis que je dors chez toi juste cette nuit.

— Ils ne vont rien dire ?

— Mon père est vraiment cool ! lança Clémentine. Il ne verra pas d'inconvénient et je suspecte même que ça va les arranger.

— Allez, papa ! insistait Clémentine, déçue par son refus. Je n'ai jamais le droit d'être avec mes amies.

— Mais tu ne l'as jamais demandé ! s'emporta son père.

— Justement, on peut bien l'autoriser à passer la nuit chez Océane ! intervint sa mère, au plus grand étonnement de Clémentine. Elle est bientôt en troisième et n'a eu que des bonnes notes toute l'année.

— Si tout le monde est contre moi… Que puis-je dire ?

— Un simple « oui » et « ne fais pas de bêtises » ! ajouta la maman.

Pendant que Clémentine préparait ses affaires, son père questionnait la pauvre Océane complètement en panique.

Mentir n'était pas dans ses habitudes, mais les interrogations de Gaël la poussaient dans ses retranchements. Ne pas dire qu'elle était orpheline, donner un faux numéro de téléphone lui coûtait.

Quand elle vit revenir son amie, elle ne sut retenir un long soupir.

— Arrête de l'embêter avec toutes tes questions ! le corrigea sa femme en faisant un câlin à sa fille qui lui chuchota *merci* et *je t'aime* à l'oreille.

— De rien, ma puce, mais ne fais pas de bêtises, d'accord ! ?

— Le moins possible ! consentit-elle en replaçant une boucle de cheveux brune derrière son oreille.

Un dernier mensonge pour la route et les deux complices quittèrent la maison, pleines d'entrain.

— J'espère qu'ils ne vont pas nous suivre ! s'inquiétait Océane.

— Ils ne sont pas comme ça. De toute façon, tu leur as dit que tes parents nous attendaient à l'école.

— Je n'ai fait que leur mentir ! s'indigna Océane. Ils ont l'air si cool que ça me dérange !

— Bah, ils ont sûrement aussi fait des bêtises dans leur jeunesse. Mais je ne veux pas leur mentir sur le fait que je ne prendrai pas de risque. Alors, on va de ce pas reconduire Quork chez lui et on rentre chez toi avant la nuit ! exigea Clémentine. Je n'ai aucune envie de me retrouver à arpenter la forêt dans le noir.

— C'est une chance que tu n'habites pas loin de l'école ! avoua Océane, je me demande même pourquoi tu prends le car. Tu aurais aussi vite fait de rentrer à pied.

Clémentine lui sourit bêtement avant de presser le pas. Elles ne mirent qu'une demi-heure pour retrouver le bourg. Le car stationnait une nouvelle fois à l'arrêt et ne tarderait pas à repartir. Océane attrapa la main de Clémentine qui avait du mal à tenir la cadence.

— C'est le dernier car, Clémentine. Si on le loupe, il nous faudra marcher.

— Je ne sais pas comment tu fais, moi je suis morte de fatigue ! grommela-t-elle.

— Toi, c'est vivre dans les serres et, moi, mon truc, c'est explorer le monde à pied ou à vélo !

Finalement, l'une et l'autre se retrouvèrent à chercher une place au fond de l'autobus pour reprendre leur souffle. Le car était pratiquement vide. Dans les premiers rangs se trouvait un garçon de cinquième en tenue de karaté. Dans les places du milieu s'étaient installés un couple et deux enfants qui n'arrêtaient pas de se chamailler au grand dam du chauffeur qui ne fit que lever les yeux au ciel en signe d'exaspération.

— Une chance qu'on l'ait attrapé, je ne me voyais pas courir une heure pour rejoindre la forêt ! signala clémentine.

— T'es gentille quand tu dis une heure. La dernière fois que je l'ai loupé je suis rentrée juste pour le repas. Roland n'était vraiment pas content ! rectifia Océane en plaçant son sac entre ses cuisses pour l'entrouvrir un peu.

— Fais attention qu'on ne le voie pas ! s'inquiéta la jeune horticultrice en voyant dépasser la tête du korrigan. Fichtre... Il a encore changé, je trouve !

— Il se métamorphose de minute en minute ! paniqua Océane.

— Métamorphose ! répéta Quork.

— Il parle maintenant ! s'effraya Clémentine en se plaçant une main devant la bouche.

— Il parle maintenant ! reprit la créature en souriant.

8

Courir au-devant des ennuis.

Les filles étaient partagées entre la fascination et la culpabilité. Entendre Quork communiquer avec elles modifiait leur plan d'action. Et même si chacune se garda de le dire haut et fort, la situation leur échappait.

— S'il est capable de nous comprendre et de parler, peut-être sera-t-il en mesure de nous dire où le ramener ! hasarda Clémentine.

Quork les observait en silence, comme s'il cherchait à déchiffrer leur parole. Passant ses yeux rouges de l'une à l'autre en rabaissant ses paupières faites de plaques d'écorces fines.

— Toi comprendre, nous ! ? l'interrogea Océane d'une toute petite voix.

La créature restait silencieuse, suivant avec intérêt le paysage qui défilait à vive allure au travers de la vitre.

— Je te remercie d'être venue ! conclut Océane en voyant que sa conversation avec Quork n'irait pas plus loin.

— Et moi, je suis heureuse que tu sois venue me voir pour partager cette incroyable aventure. Je ne pensais pas que quelqu'un avait écouté mon exposé sur les plantes.

— Je n'ai retenu qu'une chose, que tu étais folle de plantes, que tes parents travaillaient dur dans les champs et que vous n'alliez pas non plus en voyage pendant vos vacances.

— C'est une synthèse courte mais c'est à peu près ça notre vie. Mes parents travaillent trop, pour des revenus pourris.

— Tu veux faire le même métier, pourtant !

— Avoir ma propre serre ne veut pas nécessairement dire que je vivrai de la terre comme eux. Seulement que c'est le seul moyen que j'ai trouvé pour avoir des moments d'intimité avec mon père. Il est si fier de pouvoir m'apprendre son métier...

— C'est un peu triste ! compatit Océane.

— Bien moins que de ne pas connaître ses parents ! parla trop vite l'enfant avant de se raviser.

— T'en fais pas, il y a longtemps que je m'en moque. Ce qui me dérange le plus c'est surtout de savoir qu'ils m'ont abandonnée... J'aimerais encore aujourd'hui comprendre pourquoi. Connaître leur raison me permettrait d'avancer. Mais, à l'orphelinat, ils ne veulent ni me dire qui ils sont, ni pourquoi ils ont laissé leur fille dans les mains d'inconnus sans scrupule.

— Ça a été dur ?

— Vivre à l'orphelinat ?... C'est accepter de ne rien posséder, même pas ta propre personne. On partage tout et, quand on grandit, les garçons font leur possible pour venir espionner les filles dans les douches. J'étais obligée de me laver habillée. Le plus irritant c'était les bagarres. À cause de certains les punitions arbitraires étaient permanentes. Je suis bien contente de vivre chez les Mariel.

— Tu vois, c'est idiot... À l'école, personne ne connaît vraiment personne. Les uns se moquent des autres sans savoir rien d'eux. Si ça se trouve, Hugo avec son caractère de cochon vit le martyre chez lui. Ewan, qui n'écoute rien en classe et qui passe son temps à faire l'imbécile, cache peut-être un drame familial.

— Ah ouais, si ça se trouve son père est un serial killer !

— Non, un agent du KGB !

— Hein ?

— Govnioski c'est russe, non ?

Elles se mirent à rire et Quork en fit autant d'une manière très étrange. À chaque rire, il hochait de la tête et exagérait un sourire qui faisait penser à quelqu'un qui s'était fait pincer les doigts dans une porte.

L'autobus s'arrêta en bord de forêt devant un arrêt à moitié en ruine. Océane cria au chauffeur qu'elles descendaient ici en se précipitant vers la sortie.

— Bonnes vacances ! s'écrièrent en chœur les filles en rigolant niaisement.

Elles attendirent que le car reparte pour s'enfoncer directement dans la forêt.

— Ce ne serait pas mieux qu'on rattrape le chemin plutôt que de couper à travers les buissons ? demanda Clémentine en regrettant de n'avoir pas pris des chaussures plus chaudes.

— En passant par ici, je gagne une bonne demi-heure ! prévint Océane en enjambant un tas de neige compact. Si tu veux m'attendre sur la route, tu remontes sur deux kilomètres et, ensuite, tu tournes à droite.

— Non, non, je reste avec toi maintenant ! affirma la jeune fille.

9

Une forêt ensorcelée.

Elles n'avaient pas fait cent mètres dans la poudreuse que la lumière déclina brutalement.

— C'est normal, ça ? s'inquiéta Clémentine, en cherchant ce qui avait pu masquer les rayons du soleil.

— Pas vraiment ! avoua son amie en s'arrêtant pour sonder les alentours en tendant l'oreille.

— Et si on faisait demi-tour ? J'ai comme un mauvais pressentiment !

— T'as raison, on fiche le camp d'ici ! reprit Océane en cherchant par où elles étaient passées.

— Tu fais quoi ?

— À vrai dire, je cherche la route et nos traces, ça devrait se trouver par là, mais j'ai l'impression que la forêt est plus dense, d'un coup !

— Bon, si tu veux me faire peur c'est gagné, alors on rentre s'il te plaît ! implora Clémentine.

— Je ne cherche pas à t'effrayer, Clémentine, mais je suis vraiment perdue. C'est comme si les arbres avaient changé de place dans notre dos.

— Arrête avec ça, j'ai vraiment la trouille maintenant !

— Je ne plaisante pas. Le mieux c'est de rester à côté l'une de l'autre et de marcher droit devant nous. Si je ne me trompe pas, on devrait atteindre un étang. De là, je saurai retrouver notre chemin.

Plus elles avançaient et plus cela s'assombrissait. Des bruits de branches qui cassent, des frottements mystérieux et des grincements sinistres retentissaient autour d'elles.

Clémentine, qui n'était jamais sortie de ses serres faisait de gros efforts pour ne pas se mettre à pleurer.

Quelque chose de vraiment lourd fit un ramdam du tonnerre dans leur dos.

Elles se retournèrent et découvrirent des branches encore en mouvement qui laissaient tomber les blocs de neige jusque-là accumulés, sans que personne ne les ait touchées.

— J'ai peur ! ne cessait de répéter la pauvre horticultrice.

— Je te demande pardon, Clémentine, normalement ça ne se passe pas comme ça.

— C'est moi qui ai insisté pour venir. Je n'ai qu'à m'en prendre à moi-même ! s'écria-t-elle en passant son temps à regarder par-dessus son épaule.

— On ne devrait plus être très loin de l'étang ! signala Océane qui faisait de son mieux pour ne pas montrer ses propres craintes.

Des grognements sourds retentirent tout autour des filles. Et, plus elles avançaient, plus cela se rapprochait.

— Oh, mamilla ! se morfondait Clémentine. Des loups, des loups !

— Mais non, il n'y en a plus en Bretagne depuis longtemps ! contredit Océane en accélérant tout de même le pas.

Une bête grise et noire sortit de derrière un tronc un peu plus loin sur leur gauche. La créature avait tout du loup, en plus gros et plus effrayant. Ses crocs luisaient dans les rares rais de lumière. Il grognait en se rapprochant des enfants.

— On est censée faire quoi ? paniqua la jeune horticultrice.

Deux autres loups, cette fois plus sombres, les contournaient depuis le nord. Leurs yeux scintillaient d'une rare cruauté. Océane se cogna à Clémentine en reculant, puis lui agrippa la main pour l'inciter à poursuivre leur route.

Quork sortit la tête du sac en émettant un chant réconfortant. Les loups ne semblaient pas perdre en agressivité, pourtant cela donna des ailes aux filles qui se mirent à courir sans se retourner. Les aboiements n'étaient plus qu'à un mètre dans le dos de Clémentine, lorsqu'Océane disparut sous une large branche remplie de neige en lui lâchant brusquement la main. À son tour, elle s'y jeta en criant de terreur pour être éblouie par l'incroyable luminosité de la clairière qui l'accueillit. Océane était tombée et regardait incrédule son amie émerger de la forêt qu'elle affectionnait tant et qui était pourtant devenue maléfique. Les loups enfoncèrent leur museau dans les feuillages jusqu'à ce que leurs yeux injectés de sang puissent les observer au couvert des branchages.

Complètement paralysée, l'orpheline regarda les loups reculer pour finir par disparaître. Son cœur battait à tout rompre, ses yeux extatiques venaient de croiser ceux de Clémentine qui cherchait à comprendre ce qui avait effrayé une meute de loups aussi impressionnants. C'est quelques minutes plus tard qu'elles réalisèrent qu'il n'y avait plus de neige, qu'il ne faisait plus froid et que le soleil, puissant au-dessus de leur tête, éclairait comme s'il n'était que deux heures de l'après-midi en plein été.

— Où sommes-nous ? s'enquit Clémentine.

— Pas la moindre idée…

10

Androlia.

Les adolescentes reprenaient leur souffle et rassemblaient leurs idées pour comprendre ce qu'elles venaient de vivre. Océane devait se rendre à l'évidence : depuis la découverte de Quork, tout semblait glisser vers l'irréel. Elles venaient d'échapper de peu aux crocs d'une horde de loups affamés, alors que jamais personne n'avait parlé de canidés féroces en Bretagne, et encore moins dans sa région. Clémentine parvenait à les sentir encore, tapis derrière les arbres enneigés. Ils étaient là, le museau dissimulé dans les fourrés, visiblement inquiets de les pourchasser sur cette terre d'exil. Redoutaient-ils la présence de prédateurs encore plus sauvages ? Étaient-elles encore plus en danger ? Que pouvait-il y avoir de plus redoutable qu'une meute de loups aussi puissants ?

Mais une autre étrangeté les troublait. Elles venaient de quitter une forêt en proie à l'hiver, couverte de neige, pour fouler un sentier bordé d'herbes grasses, ponctué par des arbres majestueux arborant de magnifiques feuilles rouges, vertes, et oranges. Des variétés inconnues de la jeune horticultrice. L'hiver sévissait d'un côté, pendant que l'été s'installait de l'autre. Deux saisons cohabitaient en un même lieu. Il ne fallait pas avoir fait de longues études pour comprendre qu'elles étaient témoins d'un phénomène surnaturel, et qu'à cet instant, elles préféraient rester de ce côté du monde.

Il y avait des milliers de fleurs de toutes les couleurs qui poussaient de-ci de-là en dardant leurs pistils vers le ciel en quête de chaleur et de lumière. Clémentine suivait des yeux le ballet incessant des abeilles qui survolaient le magnifique tableau à la recherche de pollen avant de repartir vers le sommet des arbres en bordure de la forêt gelée.

— Je suis morte ? s'interrogea Clémentine en admirant l'impressionnante végétation.

— J'n'espère pas, ou alors je le suis aussi ! contra Océane en remarquant que Quork était sorti du sac à dos pour déambuler tranquillement à côté d'elles.

— Il marche maintenant !

— C'n'est pas plus mal, parce qu'il était devenu un peu trop lourd pour mes épaules.

— Tu ne veux pas qu'on s'éloigne d'ici ? demanda la jeune horticultrice en fixant les ombres impatientes dissimulées derrière les arbres.

— Pour aller où ?

— Loin d'eux ! insista Clémentine en pointant son index vers les loups qui grognaient dans l'ombre.

— Suivre ! s'exclama Quork en s'éloignant des jeunes filles.

— Voilà qu'il ordonne maintenant ! s'esclaffa Océane en se levant pour le rattraper.

— Tu crois qu'il sait où il va ?

— Du moment que c'n'est pas par-là ! trancha la jeune orpheline en gardant un œil sur la menace qui les suivait à l'orée du bois.

Elles croisèrent, médusées, un couple de cervidés qui ne semblait pas se préoccuper des petites humaines. La clairière s'élargit en une vaste étendue herbeuse, qui abritait un magnifique étang bordé d'essences d'arbres aux feuillages extraordinaires.

— C'est de cet étang que tu parlais ?

— Absolument pas. Je n'ai jamais mis les pieds ici. J'en viens même à me demander si nous sommes encore dans la forêt de Coat-an-Noz. Je m'attends à voir surgir des licornes, des centaures, des...

— Cela a sûrement un rapport avec la présence de Quork, si tu veux mon avis ! ! !

— Est-ce que tu penses à la même chose que moi ? demanda Océane.

— Si son espèce est pacifiste ?

— Ben, comme les loups n'osent pas s'aventurer ici, je suppose qu'ils sont assez hostiles non ! ?

— Et que suggères-tu ? On laisse Quork retrouver seul son chemin ?

— On n'en est plus là, Clémentine. Sans lui, je pense que nous n'avons aucune chance de sortir vivantes de cette forêt !

— Je n'aime pas ça ! se plaignit l'horticultrice.

— On le suit et on verra bien !

— Tu pourras te vanter de m'avoir surprise. Ma serre, à côté de cet endroit incroyable, fait pâle figure !

— La serre, que ton père a construite pour toi, t'appartient ; ici ce n'est pas chez moi ! protesta Océane en souriant à Quork qui avançait joyeusement.

Elles rallièrent le bord de l'étang pour le contourner par le sud. L'eau était calme, et si limpide qu'elles pouvaient observer les poissons se dandiner dans le fond.

— Si j'avais une serviette, je m'y serais baignée ! affirma Clémentine complètement séduite par le paysage.

— Tu crois qu'il est quelle heure, en vérité ?

— Écoute, Océane, profitons de ce moment magique sans nous soucier de la réalité. J'espère juste qu'on n'est pas inconscientes dans la forêt et sur le point d'être dévorées dans notre sommeil.

— T'as le chic pour tout gâcher !

— Je plaisante, Ocinette !

— Tu me donnes des surnoms, maintenant ! lui sourit de bonne grâce l'orpheline qui se sentait responsable de la sécurité de son amie.

Un gros poisson aux couleurs de l'arc-en-ciel émergea de l'eau pour les éclabousser avant de disparaître dans les hauts-fonds.

— Non, mais j'hallucine là ! se fâcha Clémentine en se frottant le pantalon en partie trempé.

— Probablement ! répondit son amie en riant devant la situation. C'est peut-être un prince charmant qui t'invite à le rejoindre sous l'eau !

— Je ne suis pas attirée par les garçons. Ils sont idiots…

— Même Clément ?

— Qui ? Le fils du chauffeur de car ?

— J'ai bien vu comment tu le regardes dans la cour.

— N'importe quoi ! se défendit Clémentine en rougissant.

— Moi, je dis que tu es venue parce que justement tu pensais le trouver avec son père, ce soir.

— Tu te trompes, ma cocotte. Clément a été déposé juste avant qu'on arrive chez moi, il devait rejoindre sa sœur pour aller en ville.

— Ah, ah ! T'es tombée dans le piège ! s'anima Océane. S'il t'était indifférent, tu ne saurais pas tout ça.

— T'es bête... Quand nous sommes sorties nous l'avons recroisé sur le parking.

— N'empêche, moi, je ne l'ai pas vu !

Clémentine lui sourit de bon cœur.

— Bon, j'avoue, il est gentil.

— Mignon, avec des fossettes !

— Noonnn ! Je ne le crois pas, tu l'aimes aussi.

— Peut-être !

— Hein ?

— Mais non ! la rassura Océane. Je te taquine.

— Ouais, tu dis ça mais je ne te crois pas !

— J'en aime un autre ! divulgua-t-elle pour couper court.

— C'est qui ? Antoine...

— Beurk !

— Ça y est, je sais ! Paolino avec son petit accent italien. Ou alors...

— Il est en troisième et il s'appelle Erwann ! se surprit-elle à dévoiler. Il est gentil avec moi et il est amusant.

— Je ne vois pas qui c'est, mais tu ne pourras plus le voir l'année prochaine !

— Oh, je le croise tous les matins au car et ça me suffit bien ! observa Océane en gloussant.

Clémentine vint lui attraper le bras et elles comblèrent la distance qui les séparait de Quork.

— C'est vraiment chouette d'avoir une amie ! avoua Clémentine.

— Et on le restera après cette aventure, j'espère ! ?

— Tu peux me faire confiance ! garantit la jeune horticultrice.

11

Les Arbres chanteurs.

Les deux jeunes filles profitaient de la douce quiétude des lieux pour se livrer un peu plus sur elles-mêmes, avançant des sentiments qu'elles se refusaient à admettre jusque-là.

Elles s'éloignaient à présent de l'étang et s'approchaient d'un épais bois aux essences d'arbres improbables.

— J'aimerais ne plus jamais quitter ces lieux ! signala Océane.

— Même si je suis de ton avis sur la beauté de cette forêt, mes parents me manqueraient !

— Et Clément ! ajouta l'orpheline en souriant.

Quork sautillait d'un pied sur l'autre avec une aisance grandissante.

— J'espère que les loups ne nous attendent pas là-dedans ! s'inquiéta subitement Océane en interpellant le petit être de bois qui s'engageait entre deux bosquets couverts de larges fleurs blanches.

— Quork ne nous ferait pas ça ! observa Clémentine en pénétrant à son tour dans la sylve.

Les troncs qu'elles croisaient étaient couverts d'écorces saillantes. Aussi devaient-elles faire attention de ne pas trop s'en approcher pour ne pas se blesser. Quork se planta devant les filles et se mit à émettre un son semblable au chant des oiseaux. Dans les hautes branches, les feuillages s'agitèrent et les rameaux jusque-là inertes prirent vie.

Rapidement, les chants furent relayés par des créatures perchées loin au-dessus de leur tête.

Une échelle se déroula des premières branches pour finir sa course au nez d'Océane. Les barreaux s'agitèrent et, quelques secondes après, deux étranges créatures mesurant dans les un mètre cinquante se dressèrent devant elles.

Elles étaient en tous points identiques à Quork. Des petites branches, ayant remplacé les poils, leur poussaient un peu partout. Immobiles, en boule, on aurait pu les confondre avec des arbustes.

— Ses parents ? chuchota Clémentine.

— Frères ! identifia Quork. Parents là ! continua-t-il en pointant sa petite main vers les immenses peupliers.

Elles levèrent les yeux et découvrirent entre les branches de grands yeux rouges qui les observaient.

— Ces immenses arbres sont tes parents ?

— Je t'avais dit que ce n'était pas un korrigan !

Mais les arbres se contorsionnèrent dans tous les sens, les arrosant de feuilles et d'esquilles de bois, pour se transformer en de grands Quork de trois mètres.

— Je donne ma langue au chat ! chuchota Clémentine.

L'une des créatures émit de drôles de sons plus ou moins dramatiques.

— Océane sauver moi ! lâcha Quork comme s'il dialoguait avec les arbres humanoïdes.

Les créatures firent craquer leurs corps jusqu'à se placer devant le protégé d'Océane. Ils joignirent leurs mains protéiformes à celles de Quork puis rentrèrent dans un mutisme parfait.

— Ils font quoi ? s'inquiéta Océane.

— Ils communiquent ! déclara son amie. Je pense que Quork montre les images de sa vie à tes côtés. Mon père est persuadé que les végétaux peuvent se transmettre des informations et glanent une sorte de mémoire collective qui permet aux suivants d'appréhender les changements, comme le climat par exemple. Ainsi, ils évoluent dans le temps pour supporter leur nouvel environnement.

— J'espère qu'ils ne vont pas trop m'en vouloir de l'avoir fait tomber de vélo.

— Et moi de t'avoir suggéré de le mettre dans les orties.

Elles se rapprochèrent l'une de l'autre pour se donner du courage et se préparer le cas échéant à détaler au premier signe d'agressivité. Car c'était peut-être d'eux que les loups avaient peur.

12

Les Magicantes.

Quork était resté muet une bonne heure durant et, lorsqu'il avait repris vie, la première chose qu'il fit, ce fut d'offrir un sourire bienveillant aux jeunes filles, complètement tétanisées à force d'attendre sans bouger.

Les parents de leur protégé poursuivaient leur communication muette, remuant de temps à autre une branche qui se replaçait immédiatement dans l'entrelacement des feuilles comme des mains jointes. Depuis la clairière que les filles avaient empruntée, Clémentine s'aperçut que la lumière déclinait à la vitesse d'un cheval au galop. Les arbres chanteurs s'animèrent lorsque les premiers hurlements à la mort des loups transpercèrent le silence recueilli.

Un couple de Chelivents déboula dans le bois en hennissant de peur et, repartit à l'opposé en laissant une longue traînée lumineuse crépitante grâce à leur crinière et leur interminable queue électrique.

— Ça ne va pas recommencer ! paniqua Océane en cherchant les canidés entre les feuillages.

Les loups avaient envahi la clairière, en amenant avec eux un astre sombre et terrifiant.

Les parents de Quork chantèrent et bientôt des dizaines des leurs se regroupèrent autour d'eux pour faire barrage aux loups géants et dissimuler les deux humaines dans leur feuillage.

Les jeunes filles, blotties l'une contre l'autre avec pour compagnie Quork, cherchaient à entrevoir ce qui se passait entre les branches volontairement basses et denses. Elles se sentirent bientôt flotter à une dizaine de mètres au-dessus du sol. Une agréable odeur de cannelle se répandit. En un rien de temps, elles avaient rejoint la cime des hauts arbres. Quork leur montra comment s'accrocher pour ne pas tomber.

Un impressionnant combat de crocs et de bois envahit subitement la forêt.

Les gros loups grognaient et mordaient tout ce qui se présentait devant leur mâchoire. Les arbres chanteurs avaient commencé par se défendre à coups de branche mais, très vite, les inégalités se firent sentir. Alors ils se déracinèrent pour donner des coups de pied filandreux sur leurs adversaires de plus en plus motivés pour attraper les deux humaines qu'ils sentaient grâce à leur odorat ultra-développé.

Une lumière aveuglante obligea les petites humaines à fermer les yeux. Privées de la vision, elles ne purent rien faire d'autre que de subir la frénésie qui s'était emparée des bois. Ballottée de gauche à droite avec une violence inouïe, Clémentine hurla à Océane de bien lui tenir la main. Sous leurs pieds avait éclaté un affrontement musclé d'où leur parvenaient les aboiements et les couinements inhumains à peine masqués par les bruits des feuillages en plein mouvement de balayage. C'était un miracle qu'elles ne tombent pas de leur promontoire instable.

Puis le calme revint et la lumière du jour avec lui.

Au sol, s'était accumulé un énorme tas de branches et de bois mort. Autant de mains que les arbres chanteurs avaient perdues dans la bataille.

— C'était qui ? demanda Océane à Quork qui affichait un visage triste.

— Ça, eux Magicantes. Vouloir toi, Océane.

— Moi ? Pourquoi ? s'exclama l'enfant, désarçonnée par la nouvelle.

— Eux pas dire ! Mais famille moi te protéger.

— Merci, mais comme tu es rentré chez toi, nous allons de notre côté en faire de même, Quork. Sais-tu seulement comment nous devons faire pour repartir sans tomber sur eux ?

— Dangereux, Océane. Magicantes encercler portail d'accès. Eux dehors et dedans. Nous bloqués ici.

— Quand tu dis dehors, tu veux dire que nous sommes entrées dans un sanctuaire ?

— Monde à moi !

— Mais je t'ai trouvé en dehors… Que faisais-tu là-bas ? Pourquoi es-tu parti d'ici… de…

— Ici Androlia ! dit simplement le petit être de bois.

— Tu n'es donc pas un korrigan ! ?

— Moi compliqué… korrigan être méchant.

— C'est surtout ces loups qui sont méchants ! contra Clémentine.

— Non, pas être loups, eux Magicantes, gardiens d'Androlia. Moitié Loup Moitié Elfe.

— Ils ont une drôle de façon de se comporter, pour des gardiens.

— Humains rien à faire ici. Eux faire disparaître vous !

Océane regarda un arbre tendre une branche vers elle pour poser une feuille sur son front. Elle esquissa un mouvement craintif avant que Quork la rassure.

— Pas te faire de mal, eux montrer à toi.

De premières images se formèrent dans l'esprit de la jeune orpheline. Elle put survoler des plaines de fleurs où vivaient de drôles de lutins, elle passa au-dessus de belles maisons en bois, avant de pouvoir admirer des lacs aux eaux cristallines servant d'abreuvoirs géants aux habitants d'Androlia. Elle put apercevoir des géants de bois grands comme des bâtiments, très différents de Quork et de sa famille, se mouvoir mollement d'une forêt à l'autre, des insectes de la taille d'une voiture planer paresseusement au-dessus des étangs et, enfin, elle voltigea au-dessus d'habitations en pierre d'où allaient et venaient des centaines de créatures biscornues aux traits de visage marqués comme ceux de Quork.

— Quork est à moitié arbre chanteur, à moitié korrigan ! s'esclaffa Océane après son voyage mental. Et les loups qui nous ont pourchassés sont en fait des elfes à la morphologie animale.

— Eux jeter moi dehors, moi abomination pour ce monde ! décréta le petit être de bois en laissant perler une larme. Si toi pas venir me chercher, moi devenir arbre dans votre monde.

— Je te demande pardon, Quork, je ne savais pas, se lamenta Océane. Mais je t'ai épargné qu'un jour les humains te coupent pour faire du bois de cheminée.

— Moi abomination ! répéta tristement le petit être.

— Nous sommes pareils, mon grand ! releva Océane. J'étais aussi une abomination pour mes parents, puisqu'ils m'ont abandonnée dans un orphelinat. Du moins, c'est ce qu'ils croient tous. Mais toi et moi sommes bien plus que ça… Tu ne crois pas ?

Quork lui sourit.

— Être différents ne veut pas dire que nous sommes détestables. Il faut juste que l'on trouve ceux qui sont comme nous.

— Être de la nuit ?

— Je ne sais pas à quoi ils ressemblent, Quork…

Un des arbres chanteurs, se contorsionna autant que possible pour s'adresser à Quork par transmission de flux électrique.

— Père dire que nous trouver le grand sage ! interpréta le petit être de bois. Lui dire quoi faire.

— Tu sais comment le trouver ? s'enchanta Clémentine qui voyait là l'occasion de visiter Androlia.

13
Marlin.

Les arbres chanteurs portaient bien leur nom : s'ils étaient incapables de parler comme Quork le métis, ils étaient en revanche de formidables chanteurs. À la différence des oiseaux, ils émettaient des sons graves d'une douceur infinie. Leurs vibrations faisaient trembler les corps des jeunes filles.

— J'adore, on dirait du basson ! s'extasia Clémentine.

— Je ne sais pas ce que c'est ! répondit Océane en haussant les épaules.

Les mélodies se succédèrent et se propagèrent à travers la forêt. Les arbres relayant la merveilleuse symphonie que l'on aimerait entendre les jours mélancoliques. Le concert dura des heures puis l'ensemble des musiciens reprit son immobilité en enfonçant leurs racines dans la terre meuble et grasse.

Clémentine regarda tour à tour le petit être puis Océane pour espérer comprendre la situation.

— Nous attendre… attendre…

— Que devons-nous attendre, Quork ? reprit Océane en se mettant à genoux devant lui pour prendre son visage dans ses mains.

— Grand guerrier venir, chevalier et maître d'armes du grand sage !

— Pour quoi faire ?

— Lui escorter vous sur le royaume de la nuit. Sarzarc très fort. Personne ose l'affronter.

— Voilà qui est rassurant ! conclut Clémentine. Pourquoi dis-tu « vous », tu ne viens pas ?

— Parents occupent de moi.

— Ils vont donc te garder avec eux ! s'extasia l'enfant. Tout cela n'aura pas été en vain !

Le jour déclinait, cette fois naturellement au-dessus de leur tête.

— J'espère que le temps s'est arrêté ici ! lança Océane. Ou mes tuteurs seront fous de rage en découvrant que j'ai fugué. Je peux être sûre qu'ils me renverront à l'orphelinat et que plus personne ne voudra m'adopter après ça !

— Tu pourras toujours essayer de leur expliquer. Après tout, tu n'as rien fait de mal !

— Ah, mais c'n'est pas bête ça ! se moqua celle-ci. Je leur dirai que j'ai trouvé un arbre chanteur qui n'en est pas vraiment un, que nous nous sommes perdues dans le monde d'Androlia et que des loups gros comme des lions nous bloquaient l'entrée pour nous dévorer afin que l'on ne divulgue jamais l'existence de ce monde. À ben c'est bête, ça n'marche pas !

— Dis comme ça, je crains qu'ils aient du mal à te croire ! affirma Clémentine.

— Ah, vraiment ! Quelle partie penses-tu que je devrais leur cacher dans ce cas… Si bien sûr nous arrivons à retourner chez nous ! protesta Océane un peu en panique en voyant la nuit tomber.

— Leur mentir me semble de loin la meilleure des alternatives ! supposa Clémentine.

— Et tu leur diras quoi, toi, à tes parents ?

Clémentine réalisa que leur aventure risquerait de leur prendre bien plus de temps qu'elle n'en possédait pour passer à côté des explications.

— On est mal ! s'affligea la pauvre horticultrice en herbe.

— Je ne te le fais pas dire !

Au loin, elles aperçurent du mouvement, c'était à peine visible.

— Le chevalier ?

— Il paraît bien petit !

— C'est la distance qui nous joue des tours ! affirma Océane.

— Sarzarc arrive ! s'extasia Quork.

Puis ce qui arriva disparut comme par enchantement. Les jeunes filles clignèrent des yeux, se les frottèrent plusieurs fois, mais le phénomène avait bel et bien disparu.

Dans les branches, les feuilles tombaient de-ci de-là. Quelque chose de rapide approchait de leur position, si rapide qu'il était impossible de dire ce que c'était.

Puis une forme tomba aux pieds des filles qui hurlèrent de peur en se jetant en arrière.

Devant elles se tenait un garçon à peine plus âgé qu'elles. Il avait de longs cheveux bruns, des oreilles pointues, de grands yeux verts et un sourire de vainqueur.

— C'est ça, le grand guerrier Sarzarc ?

— Je m'appelle Marlin ! déclara l'adolescent.

— Et qu'est-ce que tu es, dans ce monde ? demanda Clémentine, abasourdie.

— Je fais partie des elfes d'Androlia !

— Un Magicante ! s'affolèrent les jeunes filles en reculant à nouveau.

— Noooon, protesta aussitôt le garçon pour les calmer, en battant l'air avec ses mains. Les Magicantes sont à la fois loup et elfe. Ils sont les protecteurs de notre monde. Ce sont des gardiens suprêmes qui ont usé de leur magie pour accroître leur force. Grâce à cela, ils deviennent des prédateurs lorsque c'est nécessaire.

— J'ai peur de comprendre… Et ce Sarzarc ?

— Maître d'armes Sarzarc ne viendra pas !

— Ça je l'avais à peu près compris, mais il est quoi ?

— Un guerrier puissant qui a offert sa vie au grand sage après avoir évité de devenir un être de la nuit.

— Pourquoi n'est-il pas venu et c'est quoi un être de la nuit ?

— Une affaire de la plus haute importance exige sa présence ailleurs ! admit Marlin en éludant la question des êtres de la nuit.

— Plus importante que la nôtre ? s'emporta Clémentine alors que sa copine faisait les yeux doux au garçon.

Marlin leur sourit en signe d'excuse sans plus d'explication.

— Nous allons passer la nuit ici, commença le jeune elfe. Demain matin nous traverserons le royaume de la nuit pour trouver le grand sage.

Quork s'installa en tailleur, imité par Clémentine, qui commençait à être très fatiguée. Les arbres chanteurs se contorsionnèrent pour entourer délicatement tout le petit monde qui fut bientôt recouvert de branches et de feuillages protecteurs.

— Bonne nuit Clémentine, bonne nuit Quork, bonne… ! souffla Océane en s'allongeant confortablement.

— Bonne nuit tout le monde ! chuchota sa copine en trouvant de quoi se coucher.

— Pourquoi ne nous ont-ils pas attaqués dans la clairière ? demanda la jeune agricultrice.

— Ceux qui vous ont pourchassées vivent en dehors des frontières d'Androlia. Ils assurent la protection de mon monde en repoussant les curieux. C'est idiot, mais leur code vous a sauvé la vie. Du moins, le temps que les autres Magicantes vivant sur nos terres vous prennent en chasse.

14

Voyage au centre d'Androlia.

Le jour pointa son nez à peine trois heures plus tard. Marlin souleva d'abord des protestations lorsqu'il tenta de réveiller les filles.

Océane était roulée en boule, tandis que ses cheveux roux, détachés, lui couvraient en partie le visage. Marlin se surprit à l'admirer une longue minute. Exagérant un peu plus son sourire jovial que Clémentine analysa sans peine.

— Elle, c'est Océane ! chuchota la jeune horticultrice. Et moi, c'est Clémentine.

Le jeune elfe fit la grimace pour comprendre son interlocutrice.

— Nous ne nous sommes pas présentées tout à l'heure... ou hier... Je n'sais plus trop avec ce soleil capricieux qui vient et qui part...

Océane s'éveilla lentement, s'étirant comme un chat, sans craindre le moindre danger, puisqu'elle ne se souvenait plus d'être ailleurs que dans son lit. Aussi sa surprise de voir Marlin lui tendre la main fut grande. Elle passa de l'étonnement à la fascination. Ses yeux profitèrent de la clarté pour mémoriser les moindres détails de l'elfe. Lors de leur première rencontre, elle n'avait pas remarqué ses vêtements amples remplis de poches larges, ou ses chaussures en cuir en forme de pétales de fleurs. C'était amusant de le voir ainsi vêtu. Surtout pour un garçon.

— Chère Océane, il est l'heure de partir !

— Mais on vient à peine de se coucher !

— Ça fait déjà trois heures ! précisa le jeune elfe.

— Ça fait à peine trois heures ! corrigea Clémentine. Dans notre monde, on dort huit heures pour être bien le matin.

Une branche descendit lentement entre les filles qui s'écartèrent pour regarder les feuilles s'animer. En leur creux, un liquide doré scintillait comme des étoiles.

— C'est quoi ?

— Du nectar de frule ! informa Marlin en buvant celui qui se présentait devant lui.

— Ça a le goût de quoi ? demanda Clémentine, suspicieuse.

Océane but à son tour la boisson qui semblait magique.

— C'est très bon ! s'exclama-t-elle.

La jeune horticultrice, pourtant habituée aux plantes, porta d'abord son nez devant la feuille pour humer son odeur particulière. Elle y posa ensuite ses lèvres craintives et ouvrit de grands yeux stupéfiés.

— Je n'ai jamais goûté quelque chose d'aussi bon ! Tu dis que c'est du nectar de frule ! C'est quoi comme plante ?

— Ce ne sont pas des plantes ! rectifia Marlin c'est...

— On ne veut pas le savoir ! le coupa Océane.

— Si ! corrigea Clémentine.

— Je t'assure que non ! insista Océane qui préférait ignorer d'où provenait ce liquide impérial.

Marlin leur sourit puis les conduisit aux abords d'un lac où elles purent se nettoyer le visage et se recoiffer grâce au reflet en surface.

— Nous allons utiliser un fagrupan pour traverser la plaine. Des Magicantes chassent dans le coin, je préférerais les distancer quand ils se mettront à vous pourchasser.

— Et c'est quoi un fagrupan ? Une licorne ! ?

— Les licornes ça n'existe pas ! affirma Marlin en pointant son doigt vers un énorme ver bien gras qui sortait de derrière un épais bosquet.

— Tu veux qu'on fasse quoi avec ça ? demanda Océane en fronçant les sourcils, et en faisant la moue.

— C'est notre monture ! attesta Marlin en faisant le tour pour le surprendre par-derrière.

Les filles suivaient le jeune elfe des yeux en se regardant de temps à autre pour être sûr qu'il ne se payait pas leur tête. La bête, haute comme un poney, longue comme leur car d'école, se contorsionnait lentement pour avancer d'un malheureux centimètre en une minute.

— On n'est pas rendu ! s'esclaffa Clémentine en riant aux larmes en voyant Marlin sauter sur le dos du fagrupan qui tourna mollement la tête vers le jeune elfe.

Océane se joignit à son amie pour rire à gorge déployée. Comme cela faisait du bien de rire ! Elle en avait oublié le retour chez les Mariel et appréciait de plus en plus le jeune androlien qui visiblement faisait tout pour leur redonner le moral.

L'elfe tenait fermement les antennes de la chenille avec une main et, de l'autre, enroulait des lianes sorties de ses poches autour des protubérances constellant le corps du ver. Satisfait, il invita les humaines à le rejoindre en montrant comment se servir des entraves.

— T'es pas sérieux quand même ? gloussa Océane en chevauchant à son tour la drôle de créature pour se trouver juste derrière le jeune elfe tout guilleret.

— Bon ! Allez ! On perd notre temps ! ronchonna Clémentine en gardant son sourire.

— Monte, Clémentine ! insista Marlin. Je ne vais pas pouvoir le retenir longtemps !

Il était si sérieux en disant cela que les adolescentes finirent par rire aux éclats. Océane imitait un cow-boy sur son cheval et Clémentine faisait semblant de tourner un lasso au-dessus de sa tête pour attraper la tête du ver. Le fagrupan se dandinait péniblement de gauche à droite pour essayer de fuir. Clémentine eut toutes les peines du monde à monter derrière son amie. Elles étaient à la limite de se faire pipi dessus tellement elles riaient. Océane s'arrima aux liens qu'avait installés Marlin, en hurlant « hue cheval ! ». Soudain le fagrupan s'anima d'une tout autre manière. Marlin venait de lâcher son étreinte autour des antennes de la créature.

Les filles s'étaient installées trop proches l'une de l'autre, aussi, lorsque l'animal magique accéléra brusquement, leurs têtes s'entrechoquèrent et cela manqua de désarçonner Clémentine qui tint bon, malgré le fait qu'à chaque changement de cap, Océane la percutait à nouveau. Leurs bras tendus par la vitesse leur faisaient un mal fou. Leurs doigts crispés sur les cordes menaçaient de céder sous la pression. Sur leur droite, elles aperçurent un groupe de Magicantes dans leur forme de loup les prendre effectivement en chasse tout en aboyant.

Surréaliste ! Et pourtant, les voilà assises sur un ver de la taille d'un bus, pour fuir des loups sanguinaires.

— Surtout ne lâchez rien ! conseilla Marlin. Ou je ne pourrais plus rien pour vous.

— Je voudrais bien t'y voir ! grommela Clémentine qui ne pouvait même pas se masser la bosse qui poussait sur son front.

Les Magicantes coupaient à travers la clairière pour les arrêter avant qu'ils soient hors de portée. Le fagrupan se déplaçait comme un bolide de formule 1, à fond de sixième. Glissant littéralement sur l'herbe à peine écrasée, des milliers de minuscules pattes s'activaient pour propulser la créature à plus de deux cent cinquante kilomètres heure, évitant les obstacles avec une légèreté anormale.

Les loups faisaient aussi des bonds impossibles, passant par-dessus des rochers, ou encore des monticules naturels qui se dressaient sur leur route.

Les adolescentes étaient en souffrance, mais elles réalisaient, avec effroi, le danger qui les talonnait. Sans la grosse chenille magique, elles n'auraient eu aucune chance de leur échapper.

Le fagrupan accéléra encore un peu et les loups cessèrent leur course perdue d'avance. Lorsqu'ils quittèrent la clairière, l'animal souleva un énorme nuage de poussière sur le chemin de terre. Marlin ne le fit ralentir que lorsqu'il fut certain d'être assez loin.

15

Le royaume de la nuit.

Le jeune elfe avait rendu la liberté à leur monture. De toute façon, l'étrange animal n'était plus en mesure de fendre l'air pendant au moins quatre à cinq heures les avait avertis Marlin. Comme le ver était trop gros pour être transporté, l'elfe préféra le laisser se cacher dans les feuillages pour reprendre leur route vers un ciel sombre, d'où de gros nuages noirs roulaient pour couvrir la région.

— Où sommes-nous ? s'enquit Océane en se frottant le crâne encore douloureux.

— Nous allons arriver au royaume de la nuit ! prévint Marlin. Lorsque nous y serons, restez à côté de moi, de viles créatures y vivent et se cachent dans les rochers.

— Voilà qui est rassurant ! se plaignit Clémentine. Ne devrions-nous pas attendre que le fagrupan soit de nouveau alerte pour le traverser ?

— Les Magicantes sont plus lents mais plus endurants aussi. Ils seront là dans deux bonnes heures, peut-être trois. Notre monture aura encore besoin de repos et d'engloutir une tonne de feuillage pour pouvoir accomplir de nouvelles prouesses.

— Elles sont viles comment ?

— De véritables monstres, Océane. S'ils t'attrapent, je crois que tu préférerais encore avoir à faire aux Magicantes.

— Tu es rassurant ! soupira Clémentine.

— Et ça ne me dit pas où est Quork !

— Votre ami a trouvé sa place dans notre monde, ne vous inquiétez pas pour lui. Il est parti une heure avant nous à dos de gravidon.

— Tu m'en diras tant !

— Ce sont des oiseaux électriques. Votre constitution ne vous permettait pas de les monter sans prendre le risque d'être foudroyées sur l'instant.

— Je suppose qu'on ne peut pas non plus contourner ce royaume ! hasarda Océane.

Plus ils avançaient et plus la nuit tombait. Les nuages étaient maintenant au-dessus de leur tête sans libérer la moindre goutte d'eau. En réalité le sol était sec et poussiéreux. À croire qu'il ne pleuvait jamais dans la région.

— En Bretagne, de tels nuages inonderaient les villes ! souligna Océane pour se donner du courage.

Le jeune elfe s'était arrêté pour ramasser de petits cailloux qu'il entassa dans l'une de ses poches.

Un premier cri sinistre perça rapidement l'obscurité oppressante. Clémentine se rapprocha d'instinct de ses amis pendant que la jeune orpheline serrait la main chaude et réconfortante de Marlin.

— Ils sont, d'une certaine façon, sourds et aveugles, ils ne peuvent pas sentir notre odeur.

— Alors, ce sera un jeu d'enfant ! s'apaisa Océane.

— Pas vraiment, ils sont très sensibles aux vibrations. Alors posez délicatement vos pieds pour limiter la propagation des ondes.

—J'ai peur, Marlin, je ne veux pas être mangée. Je suis trop maigre ! précisa Clémentine épouvantée par les yeux vitreux qui apparaissaient tout autour d'eux.

— Vous êtes très courageuses, les filles ! révéla le garçon aux oreilles pointues. Beaucoup auraient déjà fait l'erreur de partir en courant... Peu importe ce qui va se passer, le plus sûr reste la lenteur. Je peux vous faire confiance ! ?

Aucune ne parvint à répondre, préférant s'en remettre à leur guide qui semblait serein face à la menace. Ils marchèrent dans l'obscurité jusqu'à ce qu'un éclair silencieux déchire le ciel et arrose d'une généreuse clarté les horribles habitants qui les cherchaient à l'aide de leurs facultés sismiques.

Marlin marchait droit devant lui, le front perlant de sueur. Trois êtres de la nuit leur barraient la route un peu plus loin, pointant leur nez vers le ciel puis l'appuyant contre terre pour espérer percevoir les réfractions de leurs proies qu'ils savaient présentes. Marlin fit chut avec un doigt devant la bouche et s'arrêta devant le premier être de la nuit qui venait de relever la gueule en laissant pendre sa langue pustuleuse à la manière d'un chien haletant. À cette distance, les humaines pouvaient contempler leur répugnante carcasse qui luisait à chaque éclair. Ils avaient de monstrueuses gueules armées d'effroyables crocs qui claquaient à intervalle régulier pour montrer leur animosité. Une bête sauta à quelques centimètres à peine de Clémentine qui manqua de hurler de peur. La créature cauchemardesque lui faisait face sans la voir. La pauvre enfant se tenait le nez pour ne pas vomir tellement son odeur était incommodante. Le monstre aussi grand qu'un cheval de labour claquait sa langue sinistrement au fond de sa gorge, comme pour communiquer avec ses semblables qui en faisaient tout autant pour pousser leurs proies à commettre une erreur, à courir. C'est alors que Marlin sortit des pierres de sa poche, visant des coins reculés pour éloigner les monstres qui bloquaient l'accès.

Les premiers qui réagirent n'étaient pas ceux qui se trouvaient sur la route. Mais Marlin était obstiné et, avant qu'il ne soit à court de munitions, un des trois monstres se dégagea d'un bond gigantesque.

Marlin tira les filles à sa suite et se glissa entre les deux monstres qui tournaient et retournaient leur gueule pour chercher leurs proies silencieuses.

Le jeune elfe parvint à s'extirper le premier, suivi de près par Océane qui le collait comme son ombre. Malheureusement, Clémentine se retrouva prise au piège. L'être de la nuit s'était rapproché de son congénère à l'affût. La pauvre fille n'avait eu le temps que de s'accroupir pour l'éviter. De la bave gluante s'écoulait sur son épaule lui tirant des grimaces et des haut-le-cœur tellement il sentait mauvais.

L'elfe poussa Océane dans son dos et revint sur ses pas pour aider Clémentine qui rampait le plus lentement possible.

Il lui agrippa les mains, la regarda droit dans les yeux puis hocha la tête pour lui indiquer qu'il allait la tirer vers lui.

Clémentine commençait à pleurer. La peur lui cisaillait le bas-ventre et réduisait à néant toute sa volonté. Les autres créatures revenaient sur leurs pas comprenant la duperie de l'elfe qui plaçait ses pieds pour assurer sa stabilité comme on le fait en pratiquant du kung-fu.

16

Un soleil dans la nuit.

Ils n'avaient fait que cent mètres avant d'être encerclés par les êtres malfaisants dont les rangs grossissaient à chaque instant. L'étau se resserrait sur les enfants et, un instant, Océane crut lire dans les expressions de Marlin de la peur et du doute.

— Tu es formidable ! chuchota la jeune fille pour lui redonner du courage.

Il lui sourit tout en gardant ses yeux fixés sur les créatures hideuses qui commençaient à se bousculer tellement elles étaient nombreuses.

— Je vais devoir essayer une autre stratégie pour nous sortir de là ! souffla le jeune elfe. Ne bougez plus. Attendez mon signal pour courir.

Les filles se regardèrent, incrédules.

Marlin lâcha la main de l'orpheline et s'élança entre les corps massifs des êtres de la nuit comme s'il avait le pouvoir de voler. Glissant à quelques centimètres du sol sur plusieurs mètres avant de reposer les pieds comme un ninja.

Les éclairs avaient cessé leur apparition à la fois stressante et rassurante pour suivre les mouvements des bêtes. Les jeunes filles se blottirent l'une contre l'autre en laissant perler de grosses larmes d'impuissance. Privées du sens de la vue, elles paniquaient à l'idée de se faire mordre sans voir venir l'attaque. L'odeur de charogne se rapprochait. Autrement dit, les êtres de la nuit refermaient encore un peu plus le piège dans lequel elles se retrouvaient.

Soudain, il y eut une vive lumière qui arrosa la route, juste à temps pour qu'Océane voie venir une horrible mâchoire se refermer sur son avant-bras. Elle agit dans la précipitation et avant d'être mordue se jeta en arrière pour se recevoir lourdement sur les fesses en hurlant. C'en était finit de son silence. Elle avait mal, peur, horriblement peur, et par-dessus tout, un trop-plein d'angoisse qu'il fallait vider par tous les moyens. Sous les yeux terrorisés de Clémentine, Océane se faisait encercler par les monstruosités sur le point de la dévorer. La lumière magique qu'avait formée Marlin se mélangeait à l'obscurité pour replonger tout ce petit monde et la scène qui allait suivre dans les ténèbres.

Les grognements, les couinements, les bagarres entre rivaux firent frémir Clémentine qui était restée figée, les yeux grands ouverts pour essayer de les habituer au plus vite pour distinguer son environnement. La voix stridente d'Océane couvrit un court instant les autres sons, puis l'horticultrice sentit qu'on la bousculait violemment. Avant qu'elle ne pousse un cri, la pauvre enfant sentit quelque chose se plaquer sur sa bouche.

La pression était trop forte, la peur trop importante, Clémentine perdit connaissance pour se réveiller des heures plus tard dans un lit avec une odeur de cannelle.

Elle ouvrit un œil, puis l'autre, avant de sursauter en criant à pleins poumons. Le danger était passé, et elle se retrouvait en compagnie de son amie toujours endormie malgré son réveil tourmenté.

Un rapide coup d'œil lui permit de voir qu'elles étaient dans un gigantesque nid à ciel ouvert. Ce qu'elle avait pris pour un lit n'était qu'un amas de feuilles mortes savamment disposées pour constituer un matelas confortable. Fébrile sur ses jambes, elle se risqua à se mettre debout pour s'approcher d'Océane. La pauvre orpheline était enfouie sous les feuilles. Le visage crispé recouvert d'un onguent, elle dormait à poings fermés. Seule une main dépassait des feuilles enroulées autour de son buste et de son autre bras.

— Je vois que tu es réveillée ! apprécia Marlin en s'accrochant au rebord d'un immense pétale pour rejoindre les jeunes filles.

— Tu es en vie… Que lui est-il arrivé, où sommes-nous, comment on a fait pour s'en sortir ?

— Si tu veux bien je vais répondre à une question à la fois.

Au-dessus d'eux, une ombre immense leur tombait dessus. Clémentine leva le nez, découvrit un magnifique papillon bleu planer le temps de s'amarrer au nid en posant ses pattes tout autour d'elle.

— Pour répondre à l'une de tes questions, c'est grâce à ce papillon que nous avons pu nous extirper du monde de la nuit. Nous sommes dans son nid. Ce que tu vois là-bas sont ses œufs. Il nous tolère chez lui mais nous devrons être partis après le repas du midi.

— Et qu'est-il arrivé à Océane ?

— Elle a été blessée quand ils ont voulu la manger.

— C'est grave ? demanda-t-elle en montrant les pansements.

— Je ne vais pas te mentir, Océane a perdu une main, et une entaille me préoccupe beaucoup. Dans quelques heures le papillon nous conduira chez le grand sage. Mais avant, tu vas devoir te préparer pour ton baptême de l'air consciente. Le premier ne compte pas puisque tu étais endormie.

— En volant, tu veux dire ?

— C’est l’idée !

17

Le grand sage.

Comme l'avait prévu Marlin, Clémentine prit peur en voyant les centaines de mètres de vide qui la séparaient du sol. Ils étaient perchés sur un arbre de proportions démesurées au milieu de centaines d'autres de la même taille. Il y avait peu de branches qui offraient des fleurs semblables à celles du tournesol en mille fois plus grand. Le seul moyen de monter ou d'en descendre, restait le vol.

L'appréhension de cette hauteur vertigineuse devint une phobie qu'elle ignorait jusque-là. Blottie dans son coin, agrippée à une branche solidement fixée au nid, Clémentine s'obstinait à ne rien vouloir entendre.

Marlin perdait patience. L'état de santé d'Océane se dégradait de minute en minute.

— Tu dois t'approcher du bord, Clémentine. Le seul moyen de partir d'ici c'est sur ce papillon. Si tu ne maîtrises pas ta peur, une fois sur le dos du papillon, tu risques de stresser notre monture et ce sera la chute libre assurée.

— Je ne peux pas ! se lamenta la jeune fille. Partez sans moi.

— Ce n'est pas possible. Le vlandavio ne te permettra pas de rester.

— Pourquoi nous avoir emmenées, se plaignit-elle. Il aurait été plus simple de nous reconduire chez nous, puisque nous pouvons voler.

— L'état d'Océane exigeait que je lui porte les premiers soins d'urgence. Le suc d'un vlandavio cicatrise les blessures les plus graves en peu de temps. Mais c'était aussi l'endroit le plus proche du royaume de la nuit et le plus sûr c'était ici.

— Je comprends, Marlin, que je te semble idiote, mais je te jure que je serai incapable de m'approcher du bord. Avant aujourd'hui, je l'ignorais.

Étrangement, Marlin capitula, lui proposant pour l'instant de manger un peu avant de poursuivre la conversation. Plus tôt dans la matinée, il était revenu avec un sac confectionné dans une large feuille qu'il avait déposé aux pieds d'Océane. Il l'ouvrit sous le regard inquisiteur de la jeune fille qui s'obstinait à rester accrochée à ses amarres.

— Ton petit-déjeuner ! présenta Marlin de bonne humeur. De la gelée de rose. C'est mon mets préféré.

— C'est toi qui l'as fait ?

— Dans votre monde, des insectes que vous appelez abeilles butinent des fleurs pour fabriquer du miel, ici, ce sont les clapsins qui font ce travail. Et ils fabriquent de la gelée de rose.

— Quand nous sommes arrivées, j'ai vu aussi des abeilles dans votre monde.

— Oui, elles sont passées par le portail comme quelques animaux de votre civilisation. Comme ils sont inoffensifs, les Magicantes les ont laissés vivre. Surtout les abeilles qui font la joie des lutins jardiniers.

Clémentine, un peu moins sur la défensive, tendit une main pour attraper ce que lui tendait Marlin. Elle le renifla, le tourna dans toutes les directions pour examiner la boule parfaitement ronde qui dégageait d'agréables parfums de rose blanche.

— Et ça, c'est quoi ? demanda-t-elle en voyant Marlin manger de toutes petites baies rouges.

— Des fruits qui poussent sur les fleurs des lutins jardiniers. Dans votre monde, on dit que ça aurait le goût des épinards.

— C'est étrange, ça n'a pas la couleur des feuilles d'épinard.

— Tout ne peut pas se ressembler, Clémentine. Tu en veux ?

— Non merci, je vais me contenter de la gelée de rose pour aujourd'hui. Mais je trouve que tu connais beaucoup de chose sur notre monde, l'as-tu déjà visité ? le sollicita-t-elle en croquant dans la sphère violette.

— Non, mais je suis l'élève du grand sage. Lui connaît beaucoup de choses, d'ici et d'ailleurs. Nous avons accès à ses bibliothèques privées. J'adore lire ses révélations.

— J'ai la tête qui tourne ! signala la jeune fille en mordant à nouveau dans la boule de gelée avec gourmandise.

— J'ai oublié de te dire qu'il vaut mieux manger les baies en premier. Cela nous immunise contre la substance d'endormissement que génère la gelée de rose.

— Je n'aime pas les épinards.

— C'est bien ma chance ! affirma Marlin en souriant.

— Ça n'a pas le goût des épinards n'est-ce pas ! ?

— Gagné !

Clémentine se sentit subitement très fatiguée. Un sentiment de calme euphorique l'envahissait insidieusement. Ses yeux devenaient lourds, très lourds. Elle s'effondra sur le côté en s'efforçant de garder les yeux ouverts.

— C'était malin ! murmura-t-elle paresseusement.

— Désolé Clémentine, mais il faut vraiment partir ! s'excusa le jeune elfe.

Le papillon s'était placé de manière à permettre au garçon de hisser ses passagères sur son corps large et plat.

Clémentine rit paisiblement. En répétant à tout va : petit malin de Marlin.

L'elfe s'assura que ses protégées étaient bien arrimées avant de demander au papillon de prendre son envol. Les ailes faisaient penser à d'immenses voiles de bateau. Elles s'agitèrent souplement et la cadence s'accéléra progressivement. Quand le papillon décolla ses pattes, les soubresauts devinrent violents. L'insecte venait à peine de décoller qu'il se laissa planer vers le sol, qui arrivait à toute vitesse.

— Ouiiiiiiii ! jubilait Clémentine à moitié engourdie.

Le papillon se stabilisa, agita ses magnifiques voilures aux reflets d'or pour pivoter sur sa gauche et passer au-dessus des nuages noirs qui s'agglutinaient au-dessus du royaume de la nuit. Clémentine reprenait graduellement possession de son corps. La peur remontait, mais l'expérience la fascinait. Elle se surprit à admirer, lorsque c'était possible, les reliefs escarpés des montagnes lointaines, ou encore à suivre le bras de la rivière qui coulait paisiblement entre les concrétions et les obstacles naturels.

Bientôt, ils eurent en visuel une grande tour blanche qui dardait sa pointe de nacre vers le ciel pour se perdre dans les nuages. Celle-ci était entourée de murs extraordinairement hauts qui prenaient naissance dans une épaisse brume grise.

— Nous arrivons chez le grand sage.

— S, mmm, sss Sage ! baragouina la jeune fille de plus en plus alerte.

Le vol du papillon redevint heurté dans son approche de l'édifice, puis il se posa brutalement sur les créneaux de la tour centrale.

Marlin et des lutins en tunique verte descendirent une à une les filles qu'ils allongèrent sur le chemin de ronde. Le Papillon reprit son envol et le petit groupe brancarda les humaines jusque dans les entrailles du château.

Les murs étaient aussi blancs et lisses que ceux de l'extérieur. À chaque croisement se trouvaient des étagères remplies de livres. Plus ils descendaient plus il y en avait, s'entassant parfois sur de vastes planches, sur des tables, et à même le sol pour faire des piles instables.

Marlin parlait dans une langue que la jeune humaine ne comprit pas, se laissant conduire docilement jusque dans une somptueuse bibliothèque en bois à la forte odeur si particulière du papier.

Un individu de petite taille, pas plus haut qu'un enfant de quatre ans, vêtu d'une longue tunique bleue, constellée d'étoiles argentées et dorées, se tenait là, assis dans un large fauteuil en cuir, d'aspect confortable.

Clémentine pouvait enfin bouger ses jambes et ses mains. Elle fit de grands mouvements de la mâchoire pour finir de dégourdir sa bouche et lança une tirade.

— Quelque chose me dit que c'est le grand sage !

Le jeune elfe lui fit les grands yeux.

— Quelque chose me dit, Clémentine, que Marlin s'est bien joué de toi… Je me trompe ?

La jeune fille, à l'inverse d'Océane toujours inconsciente, fit une longue révérence pour compenser son manque de tact.

— Je vous demande pardon, Maître…

— On m'appelle Ebréelle.

— Ravie de faire votre connaissance, Maître Ebréelle.

Le grand sage se mit à rire de bon cœur. Il n'avait rien à voir avec l'idée que se faisait de lui Clémentine. À commencer par son apparence juvénile et sa voix jeune et puissante.

— Une longue route vous devrez parcourir, toi et ton amie Océane. Mais avant cela, Marlin va te montrer ta chambre et te faire visiter le château. Je voudrais, si tu me le permets, m'occuper de ton amie dans les plus brefs délais. Tu es ici en sécurité, prends le temps de te remettre de toutes tes émotions. Profite de l'endroit, fais comme tu veux, mais ne t'aventure pas au dehors. Il y a des créatures que tu ne voudrais sûrement pas rencontrer.

— Pour ça, j'ai déjà donné ! confessa la jeune fille en gardant le front bas.

Marlin lui prit la main et l'entraîna dans son sillage. Clémentine jeta un rapide coup d'œil par-dessus son épaule et admira le grand sage qui usait de ses pouvoirs de télékinésie pour déplacer le corps d'Océane dans la pièce attenante, sans la toucher.

À l'étage inférieur, Clémentine se mit à sourire à belles dents en voyant Quork qui arrangeait des livres sur une étagère.

— Je suis heureuse que tu aies trouvé ta place, Quork !

18

Contre coup et vérité.

Océane était immobile devant les carreaux de sa chambre. Le regard perdu dans les nuages teintés de pourpre et de jaune, elle repensait à sa courte vie d'enfant bien tourmentée :

En l'espace de quelques années, la pauvre enfant avait connu un séjour forcé en orphelinat, une présence mal digérée dans une famille d'accueil qui ne voyait en elle qu'un tas de billets de banque, jusqu'au jour où elle fit une rencontre improbable, celle de Quork, un petit être de bois qui grandissait à vue d'œil. Grâce à lui, elle s'était fait une amie qui avait accepté de la suivre dans une spirale infernale en pénétrant sur Androlia. Poursuivies par d'immenses loups, les jeunes humaines furent obligées de traverser le royaume des êtres de la nuit avant de pouvoir, à dos de papillon géant, trouver refuge chez le grand sage. Océane se remettait péniblement de ses blessures. Ebréelle ne s'était pas contenté de la soigner et de lui offrir le gîte. Il lui permettait aussi d'être hors de portée des Magicantes qui la recherchaient activement dans tout le pays et au-delà.

Quelques jours plus tôt, le grand sage lui avait posé une question sans aucun sens. Une question difficile alors qu'elle se remettait à peine de ses blessures. Que regrettes-tu le plus de ta vie passée ? avait demandé Ebréelle d'un ton paisible.

« Ma main » ... pensa-t-elle tout bas en réprimant un sanglot. Sauf qu'au fond de son cœur une autre chose, impossible à évoquer, la minait. « Rien » chercha-t-elle à dire sans y parvenir. Troublée, elle ne voyait pas pourquoi ce mot, rien, était si difficile à dire dans ce contexte.

« Rien, rien, rien » pensait-elle tout bas en pleurant. Plus elle s'exprimait sur le mot rien, plus cela la contrariait. Rien, voulait dire tant de chose. Elle ne possédait rien, elle ne manquait à personne, elle n'avait rien qui la passionne, elle ne regardait jamais l'extrémité de son bras, pour espérer n'avoir jamais perdu sa main dans la gueule d'un être de la nuit...

Les nuages s'amusèrent à prendre des formes curieuses. Tantôt celle d'un éléphant, d'un oiseau, d'un serpent, et tantôt des formes presque humanoïdes. Prenant son courage à bras-le-corps, Océane, envahie par l'émotion, leva son bras devant elle. Elle plia le coude pour découvrir pour la première fois la partie coupée. De grosses larmes envahirent ses paupières avant de ruisseler sur ses joues blanches. Elle n'avait vraiment pas grand-chose dans la vie et, maintenant, il n'y avait plus rien au bout de son avant-bras.

Était-ce à cela qu'Ebréelle faisait référence ? Son corps lui appartenait, ses pensées également, ses rêves aussi... Finalement, à part sa main perdue dans la gueule d'un monstre, elle possédait beaucoup de choses encore. Elle avait trouvé la réponse.

Un sourire triste se dessina sur ses lèvres et, en un instant, sa chambre s'effaça pour laisser place à une gigantesque bibliothèque lumineuse. Comme par magie, elle apparut devant le grand sage. D'abord surprise, Océane chercha à comprendre par quel prodige elle s'était transportée jusqu'aux quartiers d'Ebréelle. Elle le trouva dans une apparence plus adulte, plus grande, mais avec cette même douceur dans le regard, et cette voix réconfortante qui l'interpella.

— Je présume que tu as la réponse à ma question ! dit simplement le grand sage en posant un livre sur la petite table déjà bien remplie.

— Je possède mon corps ! s'expliqua-t-elle.

— C'est donc tout ce qui t'importe ? Juste toi ?

— Comme je n'ai rien d'autre, je suppose que moi, c'est déjà pas mal !

Il rit quelques instants devant la réponse naïve de l'enfant.

— N'y a-t-il pas autre chose ?

— Vois pas ! contra celle-ci en haussant les épaules.

— Tes parents, Océane, ils ne te manquent pas ?

— Comme je ne les connais pas, je vois mal comment ils pourraient me manquer. Je ne vais pas leur faire ce plaisir. Ils m'ont abandonnée. Tout comme les arbres chanteurs avec mon ami Quork !

— Les parents de Quork t'ont-ils tourné le dos lorsque tu avais besoin d'eux ?

— Non, mais...

— Les raisons, Océane... Les raisons de chacun peuvent n'avoir du sens que pour eux. Ils avaient laissé Quork dans ta forêt pour qu'il puisse vivre une belle vie d'arbre, lui épargner les regards torves de ses semblables. La constitution de Quork lui aurait permis de prendre racine dans la forêt et de s'épanouir pleinement en copiant les arbres qui l'entouraient.

— Je ne suis pas à moitié arbre chanteur et humaine ! se défendit la jeune fille.

— C'est vrai. Pour autant, tu ne connais pas les raisons qui ont poussé tes parents à te confier à l'orphelinat ! précisa le grand sage.

— Ça devrait faire une différence ?

— Pour sûr, ils t'ont laissée pour te protéger du monde qui les entourait.

— Qu'en savez-vous ?

— Tu oublies que ma fonction, dans ce monde, est de savoir justement beaucoup de choses... C'est vrai que tu n'es pas à moitié arbre chanteur et humaine. Par contre, je peux te révéler ceci... Ta maman était tombée sous le charme d'un être de lumière. À ta naissance, tu ressemblais un peu trop à ta mère... Trop humaine pour vivre sur Androlia. Tu n'étais alors qu'un bébé sans défense.

— C'est quoi cette histoire ? coupa sèchement Océane. Mes parents sont ici ? s'emporta-t-elle.

— Ton père seulement ! lui révéla le grand sage. Je crains que ta mère n'ait pas survécu très longtemps.

Océane, envahie par des émotions nouvelles, ne savait plus quoi penser. Sachant qu'il n'en dirait pas davantage, elle quitta respectueusement la bibliothèque pour s'enfermer dans sa chambre durant des heures qui se transformèrent en jours. Clémentine avait tenté sa chance, tout comme Quork et Marlin, pour la ramener à la raison, lui donner envie de poursuivre sa vie. Mais Océane restait inconsolable, inanimée, perdue.

19

Le pouvoir de l'amitié.

Cela faisait quatre jours qu'elle s'était éveillée, quatre jours qu'elle se morfondait, autant d'heures à se lamenter seule dans sa chambre. Elle ne mangeait que très peu ce qu'on lui apportait se laissant aller à une morosité sans pareil. Dépassée par les révélations, ne sachant pas comment gérer son avenir, elle restait là, le regard perdu dans le vide.

Pourquoi ne lui avait-il pas caché la vérité ? À quoi cela pouvait bien lui servir, de savoir que son père vivait toujours et qu'il était un être de lumière ? Sa mère était morte, et elle ne l'avait jamais connue. Pire, elle ne pourrait plus avoir cette chance. L'un de ses rêves, de ses espoirs les plus intimement enfouis, venait de voler en éclats.

« Voilà donc ce que j'ai peur de perdre… Mes espoirs » comprit la jeune fille en pleurant de plus belle.

La nuit suivante, Océane semblait avoir franchi un cap, elle avait fait des rêves bizarres.

Et au petit matin, elle fut réveillée par du bruit sur les carreaux de sa fenêtre.

Une ombre en partie dissimulée par l'épais rideau passait et repassait devant l'ouverture.

Tout en ronchonnant, elle alla voir ce qui tambourinait avec autant d'acharnement.

Elle écarta le voilage de satin et vit Marlin perché au bout d'une corde qui lui souriait bêtement de l'autre côté de la vitre bleutée.

Océane dodelina de la tête en pinçant ses lèvres.

— T'as pas autre chose à faire ?

— Ouvre, s'il te plaît, il fait vraiment froid dehors ! s'écria le jeune elfe.

— Ce n'est pas moi qui t'y ai mis !

— Allez ! s'obstinait Marlin en usant de son charme naturel.

— Tu es vraiment pénible. On ne te l'a jamais dit ?

— Peut-être un peu. Mais tu ne vas pas me laisser redescendre les six étages par les toits. Je suis fatigué.

Océane était droitière, aussi avait-elle essayé de tourner la poignée avec son moignon. Le choc de bon matin enleva le soupçon de volonté que Marlin s'efforçait de raviver en écrasant son nez contre la vitre.

— Entre, bêta ! finit-elle par dire en ouvrant avec sa main gauche.

Marlin ne se le fit pas dire deux fois. À peine posa-t-il le pied au sol qu'Océane vit arriver Clémentine à bout de souffle et sur le point de lâcher la corde sur laquelle elle s'accrochait vaillamment.

— Mais t'es malade ! s'affola Océane en aidant son amie à entrer avant qu'elle ne fasse une chute de quinze mètres. Je croyais que tu avais peur du vide, toi ! ?

— Ce serait plus simple si, pour venir te voir, il ne fallait pas escalader les remparts du château pour passer par la fenêtre ! protesta l'adolescente en embrassant le sol de la chambre.

— Je ne vous ai rien demandé ! contra l'orpheline en refermant la fenêtre sans ménagement.

Un gros choc sur le carreau faillit la faire mourir de peur. C'était Quork qui se tenait fièrement au bout de la même corde en affichant un sourire bienveillant.

— Non mais tu te rends compte dans quelle bêtise tu entraînes Clémentine et Quork ! houspilla celle-ci en permettant au sang-mêlé de rentrer se mettre à l'abri.

— Le maître m'envoie te quérir, Océane. Tu dois aller le voir. Il est patient mais jamais personne ne l'a fait attendre aussi longtemps ! avertit Marlin.

— Qu'il vienne me le dire lui-même.

— Océane, nous sommes chez lui... intervint Clémentine. La moindre des choses c'est de respecter notre hôte. Rien ne l'oblige à nous héberger. D'autant plus que nous savons maintenant que les Magicantes feront tout pour nous chasser d'Androlia.

— Ok, ok, vous avez gagné, je vais aller le voir mais...

— Bonjour Océane, heureux de te savoir encore en vie ! s'écria le grand sage en apparaissant subitement devant les enfants sans se préoccuper du jeune elfe, de Clémentine et de Quork qui s'étaient statufiés sur place. Les Magicantes seront ici dans l'après-midi. Ton amie et toi, devez partir sans tarder !

— Pour aller où ? s'affola aussitôt Clémentine.

— Je ne vais pas te mentir, Océane. Où que vous alliez sur Androlia, les gardiens vous pourchasseront sans relâche. Votre seule alternative viable, c'est de retourner dans votre réalité !

— Mais c'est tout ce qu'on demande, sauf que tout le monde s'obstine à nous dire que c'est impossible ! contra Océane en montrant son moignon.

— C'est vrai, Océane, que vous ne pouvez pas franchir le portail sans tomber sur les Magicantes... Et ils ne vous laisseront pas tranquilles une fois de l'autre côté... Pour ces raisons, vous devez retrouver le cristal magique qui, à l'origine, était la clef du portail antique. Avec ce cristal, vous aurez votre monnaie d'échange avec les Gardiens.

— Mais si je veux retrouver mon père, avant ?

— Ce qui est important tout de suite, c'est le cristal qui refermera le portail et calmera les Magicantes, ton père passe après, je le crains.

— Je n'ai que quatorze ans, je suis une fille, pas un chevalier ou un guerrier, et il me manque une main... Dans ces conditions, comment puis-je avoir une chance de faire ce que vous n'avez pas été capable d'accomplir depuis tout ce temps ?

— Tu es une enfant mais plus grande qu'un bébé. Une fille c'est mieux qu'une fleur, il te manque une main, pas les deux !

— Vous me faites quoi, là ! se rebiffa Océane, outrée qu'il se moque d'elle de la sorte.

— Je t'apprends une leçon de vie. Il est plus facile de trouver des excuses pour ne rien faire que de trouver des solutions qui te feront avancer dans la vie.

— Vous allez au moins me dire où je dois chercher et à quoi ça ressemble ! ? capitula-t-elle, excédée.

Le grand mage la toisa une seconde. Ses traits de visage se détendirent, sa bouche forma une banane angélique.

— La dernière fois qu'on a vu cette clef très spéciale, elle ressemblait à une boule bleue plus petite qu'un ballon de volley. La bonne nouvelle, c'est qu'elle se trouverait dans le royaume des êtres de lumière, là où ton père vit en ce moment.

— Vous disiez que je devais m'occuper de la clef avant de me révéler où se trouvait mon père.

— Tu viens d'accepter ta mission, je te révèle donc où se trouve ton père.

— Je me doutais qu'il vivait là-bas, à vrai dire !

— Dans ce cas, maintenant tu en es sûre ! se moqua une nouvelle fois le maître des lieux.

— Pourquoi dites-vous que la dernière fois qu'on l'a vue elle ressemblait à une boule bleue ?

— La clef prend des formes, des apparences différentes selon qui l'observe.

— Excusez-moi, grand sage ! intervint Clémentine. Je suis censée faire quoi, moi, dans cette affaire ?

— Survivre ! lâcha le mage. Aider ton amie te ramènera plus vite chez toi.

— Avec tous les êtres volants, aucun ne peut nous y conduire directement ?

— Comme je l'ai dit, même si tu parvenais à te glisser par le portail antique, les Magicantes qui se sont installés dans le monde ordinaire ne te laisseraient pas tranquille, Clémentine. Tu connais l'existence d'Androlia. Ils ne manqueront pas de te pourchasser jusque dans ton lit pour cacher la vérité. Si vous leur apportez la clef de votre plein gré, j'ai bon espoir qu'ils vous fassent confiance pour que vous retourniez dans votre monde !

— Je trouve idiot de remettre la chef dans sa serrure, car si elle a été volée, elle le sera à nouveau !

— Normalement, il est impossible de la voler, sauf en tuant son gardien ou en attendant que le ou la gardienne ne meure.

— Une dernière question… Pourquoi ne pas avoir envoyé l'un de vos collaborateurs si vous savez où se trouve la clef ?

— Cette sphère est magique, Clémentine. Peu de gens peuvent la toucher ou s'en approcher. Les korrigans et les humains sont, à ma connaissance, les seuls à pouvoir le faire sans en payer le prix fort. Les korrigans sont trop avides de pouvoir pour que je puisse leur faire confiance. Il faut une âme pure pour accomplir cette tâche. Toi seule en est capable, Océane.

20

Comme un gant.

Pour la première fois depuis son arrivée, Océane découvrit le palais du grand sage dans son ensemble. Marlin commença par une petite visite des tours du palais. Chacune abritait des pièces lumineuses, remplies d'étagères ployant sous le poids de gros livres, envahies de coussins géants de toutes les couleurs qui servaient de lit ou de fauteuil pour profiter d'une lecture paisible. Océane apprit que chaque pièce était dédiée à des genres différents. Certaines salles recueillaient des ouvrages sur la pratique de la magie, d'autres sur des légendes anciennes. Il y avait tout un secteur sur les lois d'Androlia. Les deux tours culminant vers le nord abritaient des ouvrages de culture générale. Tout y passait : botanique, herboristerie, agriculture... Que des livres importants que peu d'individus avaient le droit d'ouvrir. Puis Marlin emmena son amie humaine dans la plus haute tour. C'était un peu comme une vigie. On pouvait, par les multiples carreaux, embrasser le monde d'Androlia. Par-dessus la brume magique qui envahissait le royaume des préludes, s'étiraient, au loin, des montagnes, des routes, des ruisseaux et des rivières. On pouvait apercevoir une cascade d'eau turquoise qui s'évanouissait dans le paysage lointain, en grosse partie envahie de paillettes d'or, et qui alimentait un cours d'eau serpentant vers l'est du pays.

— Là, c'est quoi ?

— Le royaume des êtres de la nuit ! révéla Marlin avant de changer de sujet. Là-bas, c'est la forêt des vlandavio, les papillons géants qui nous ont amenés ici. Ce que tu vois de ce côté, ce sont les monts de Cultabe, où se trouvent les plus grands champs de cultures des lutins jardiniers. Ils font pousser des fruits immenses qui sont réservés aux géants de bois.

— Qu'y a-t-il après ces montagnes ?

— Le monde des rêves. Des terres inconnues ! Personne n'a le droit de s'y aventurer, même pas les Magicantes.

— Et par où sommes-nous arrivées… Où est ce fameux portail qu'on n'a d'ailleurs jamais vu ?

— Viens ! l'invita Marlin en traversant la grande pièce pour se coller à un carreau face au sud-ouest. Le portail se trouve par là-bas. Après le lac des poissons volants.

— Ton monde est si beau ! constata la jeune fille.

— Je suppose qu'il est comme ton monde…

— Pas tout à fait, ici c'est… plus coloré.

— Dans ce cas, tu n'as encore rien vu, après le repas, nous irons dans cette direction. Les contrées que nous allons traverser sont de loin les plus belles d'Androlia ! expliqua le garçon en l'attirant vers les vitres opposées. Le royaume des êtres de lumière se trouve au nord, bien après les montagnes que tu vois au loin. À la frontière du monde des rêves.

La jeune fille faisait de son mieux pour garder le sourire. Mais le cœur n'y était pas.

— Tout se passera bien, Océane. Fais-moi confiance ! la rassura-t-il.

Pour ne pas lui laisser le temps de broyer du noir, il l'attrapa par la main et l'entraîna dans les escaliers en colimaçon qui descendaient à pic.

Les marches étaient taillées dans un marbre bleu qui scintillait légèrement sous leurs pieds.

— Je vais te montrer le bijou de ce palais, Océane. Le grand sage me l'a accordé ! signala-t-il en lui faisant un clin d'œil. Même Clémentine n'en a pas connaissance.

Ils dévalèrent les centaines de marches restantes avec l'agilité due à leur âge, traversant en trombe les paliers qui donnaient sur d'autres pièces du château.

Un instant, elle s'immobilisa en apercevant un étage dédié à la botanique. La pièce était lumineuse grâce aux multiples verrières qui formaient le dôme principal. Clémentine y était à son aise, aidant Quork à déplacer une brouette pleine de terreau.

Une agréable odeur de vanille épicée chatouilla ses narines. Elle sourit à son amie et se laissa emporter vers les étages inférieurs en gloussant.

Ils arrivèrent devant une porte faite dans un matériau proche du quartz. De légères ondoyances lumineuses la parcouraient comme si elle était en vie, comme si c'était un mur d'eau vertical. Il y avait de profondes gravures sur la surface. Des dessins à caractère tribal, estima Océane. Marlin posa sa main sur la substance magique qui se déforma sous la pression. Un petit cliquetis retentit et le jeune elfe s'en écarta pour la regarder s'ouvrir toute seule. La salle dont elle défendait l'accès était dans le noir complet. Mais lorsque le garçon s'y engagea, des milliers de petites flammes magiques s'animèrent. Océane ouvrit de grands yeux en découvrant les murs tapissés de cristaux rose et vert. Elle avança dans une constellation d'étoiles en mouvement. La porte se referma dans son dos et, soudain, une forme angélique apparut devant la jeune fille.

— Bonjour Océane ! l'interpella l'apparition.

— Bonjour Madame ! répondit-elle sur un ton mesuré.

— Tu ne devrais pas être si triste à ton âge. La vie te tend les bras !

— Si vous le dites ! consentit Océane en admirant la perfection des traits du visage de son interlocutrice pour éviter de se focaliser sur la maladresse de la magicienne qui parlait de bras tendus, alors qu'elle n'en avait plus qu'un.

— Dis-moi, mon enfant, qu'en est-il ressorti de tes réflexions de ces quatre derniers jours ?

— Pas grand-chose, à part qu'avant de me perdre dans votre monde, j'avais encore deux mains et l'espoir de revoir mes parents un jour ! répondit-elle du tac au tac.

— Le grand sage voulait que nous nous rencontrions, Océane, afin que je puisse rendre moins dur ton passage sur Androlia. Je ne pourrai malheureusement rien faire pour ta maman, mais je peux faire cela.

La magnifique fée leva une main dans sa direction et lui demanda de l'imiter.

Océane hésita puis leva son bras gauche.

— À vrai dire, je pensais à ton autre main.

— Je l'ai perdue dans la gueule d'un être de la nuit, vous dis-je !

— S'il te plaît, Océane ! insista la fée avec douceur.

La pauvre orpheline chercha du réconfort dans les yeux de Marlin.

— Fais ce qu'elle te demande, Océane.

— Tourne la tête, s'il te plaît ! lui réclama la jeune fille, honteuse d'exhiber son infirmité.

— Océane, c'est moi qui ai fait les premiers pansements !

— Tourne-toi ! insista-t-elle sèchement.

Il se détourna vers les roches éclatantes et laissa Océane montrer son reste d'avant-bras en retenant une larme lourde de sens.

La fée lui sourit tendrement.

— Approche, mon enfant !

Océane s'exécuta.

— Tu as dû souffrir pour une telle blessure.

La jeune fille laissa venir à elle toutes les larmes de son corps. Le simple fait de regarder son horrible moignon coupé à quelques centimètres de son coude la mettait dans tous ses états.

— C'est bien plus dur aujourd'hui ! confessa-t-elle en détournant le regard.

La fée ferma les yeux et commença à chanter dans une langue savoureuse et sucrée.

— Tends ton bras vers le ciel ! exigea-elle.

Encore une fois, la fée se mit à chanter. Soudain, Océane sentit des picotements l'envahir. Elle osa observer sa blessure qui s'illumina comme une ampoule. De petites étincelles crépitaient et tourbillonnaient. Cela la chatouillait et picotait en même temps. Le phénomène prit de l'ampleur, constituant peu à peu une forme holographique de la partie manquante de son avant-bras. Océane était extatique, émerveillée par ce qu'elle voyait. Petit à petit, son avant-bras se reconstituait de lumière jusqu'à former une main puis ses cinq doigts avec la même énergie lumineuse. L'enfant resta bouche bée, attendant que le charme s'achève pour oser bouger ce qui ressemblait à son ancienne main.

— Je pense que cela t'aidera dans ta quête ! indiqua la fée.

— Je peux la bouger ?

— Bien sûr ! rit la magicienne.

— Mais elle va rester ainsi ?

— Je n'ai fait que révéler la partie qui vient de ce monde Océane, ta main humaine n'existe plus, je suis navrée, mais tu as la chance d'être à moitié être de lumière. Il te faudra vivre avec, je le crains !

L'enfant se tritura les doigts, apposant une main contre l'autre avec une certaine crainte.

— Elle est solide ?

La fée se mit à rire de plus belle et attira le regard de Marlin qui ne put s'empêcher de regarder.

— Non ! s'alarma l'enfant en voyant son ami porter un regard curieux sur sa main transparente.

Il leva ses yeux verts sur la jeune humaine et retira l'un de ses gants de guerrier pour le lui donner.

— Prends, Océane. C'est pour toi !

L'orpheline en resta pantoise. Tant de gentillesse en si peu de temps. Elle le prit, l'enfila jusqu'au coude et le remercia pour son cadeau.

— Il te va comme un gant ! ricana Marlin un peu gêné par la situation. Même si je préfère voir cette belle main magique briller de mille feux.

— Laisse-moi du temps ! consentit l'adolescente en croisant son beau regard avec celui du garçon totalement épris de la jeune humaine.

21

Chassé-croisé.

Au travers des vitraux, le grand sage regardait avec inquiétude la meute de loups qui arrivait aux portes du palais. Il leur devait allégeance, mais il ne pouvait se résoudre à offrir deux pauvres enfants pour une question de règles idiotes qui n'avaient plus lieu d'être depuis des centaines d'années. S'ils étaient capables de l'écouter juste une seconde, il aurait pu leur dire qu'Océane était peut-être l'élue qui réparerait les erreurs du passé. Mais il n'avait pas le droit d'user de ses pouvoirs de prémonition. Aussi lui-même ne connaissait qu'une partie des aventures qu'allait vivre la jeune humaine. Il ignorait par obligation ce qu'allait devenir Océane face aux tourments qui se dresseraient sur sa route.

Dans la grande salle, les enfants finissaient de plier leur paquetage. Quork était heureux de pouvoir les accompagner dans leurs aventures. Un bon moyen de remercier sa sauveuse en l'aidant à retrouver le cristal magique, mais c'était aussi le moyen de réparer les erreurs de ses pères. Son maître le lui avait demandé en secret.

Alors que les portes s'ouvraient au sud des remparts dans la pénombre du royaume des êtres de la nuit, les enfants remplissaient la coquille d'un escargot géant qui servait de diligence.

En d'autres circonstances, elles auraient ri devant l'étrange gastéropode terrestre qui faisait onduler paisiblement ses antennes oculaires de gauche à droite, mais le souvenir de la chenille restait bien ancré dans leur esprit.

Après avoir tout arrimé, elles pénétrèrent dans la maison de l'escargot alors que Marlin avait pris place à la base de son cou pour le diriger.

Une espèce de toile tendue servant de hamac permit à Océane et Clémentine de s'asseoir juste au-dessus des muscles puissants de la créature qui se mit en mouvement.

— Je ne suis pas sûre de m'y faire ! déclara Clémentine en laissant Quork se mettre entre les deux jeunes filles.

— À quoi ?

— Ça, sous nos pieds, c'est quand même un escargot, je te rappelle. Dans notre monde, mon père se ferait un plaisir d'en tailler une tranche pour le faire cuire avec du persil.

— C'est répugnant... Tu imagines manger cette pauvre bête ?

— Oh ! Tout de suite les grands mots. Je dis simplement que ça fait bizarre. Et, oui, je te l'accorde, je me demande quel goût ça a !

— Il faut que tu te fasses soigner, Clémentine ! se récria Océane en faisant non de la tête.

L'animal s'avança jusque devant un mur pour l'escalader sans la moindre difficulté.

— Pardon les filles, j'avais oublié de vous dire de vous tenir ! s'excusa Marlin en entendant les humaines pester à l'arrière tandis que Quork s'esclaffait d'une voix caverneuse.

— C'est bien les garçons, ça, toujours à rire pour des bêtises ! grogna Clémentine en essayant d'attraper les poignées fixées sur les côtés pour se remettre droite.

Mais avant qu'elle ou Océane ne retrouvent une position adéquate, l'escargot glissait sur la paroi extérieure du mur dans l'autre sens. Clémentine s'aplatit contre la coquille et pouffa de rire en voyant Océane s'écraser lamentablement sur les fesses.

— Il y a autre chose que tu as oublié de nous dire à propos de ce moyen de transport ?

fulmina Océane en se stabilisant sur le hamac quand l'escargot se retrouva à l'horizontale.

— Chez vous, vous appelez ça un quatre roues motrices ! s'amusa Marlin. Sauf que gonote va un peu plus vite.

— Nos voitures ne grimpent pas aux murs, je te signale ! corrigea Clémentine.

Leur moyen de transport absorbait les défauts de terrain comme s'il était monté sur un coussin d'air. Il avalait roches et petits arbustes qui gardaient des traces de bave après son passage. Ses yeux globuleux cherchaient on ne sait quoi alors qu'il arrivait sur le chemin principal.

— Bon, cette fois-ci, je vous conseille de vous attacher !

— Encore un mur à escalader ?

— Non, on arrive sur la route, et comme je ne l'ai encore jamais conduit, celui-là, je préfère éviter les surprises de démarrage.

— Je suis d'accord, commença Clémentine. J'ai encore une bosse sur le front après mon voyage à dos de chenille.

— Le palefrenier dit qu'il est un peu sec dans les accélérations ! compléta l'elfe.

— C'est bon ! s'écrièrent en chœur les filles cramponnées à une poignée.

Marlin donna des coups de talons et l'animal s'emballa comme l'avait fait le fagrupan. Les passagères se mirent à rire nerveusement. La pression de l'accélération était juste énorme. Se tenir à l'intérieur d'une coquille d'escargot relevait de l'exploit et, cette tension, elles ne la supporteraient jamais plus de dix minutes. Même Marlin eut du mal à se tenir sur sa selle. La bête filait entre les arbres et les rochers avec tant de vélocité que le jeune elfe le laissa se débrouiller tout en indiquant la direction à suivre.

Pendant ce temps, dans le palais, les Magicantes s'étaient rendus dans la grande bibliothèque. Le grand sage, dans sa forme d'adulte, les attendait docilement dans son fauteuil.

— Ebréelle, qu'as-tu fait des humaines ? aboya le loup en prenant une apparence Elfique. Je sais que tu les abrites !

— Abritais ! corrigea le grand sage. Comme tu le sais, mon rôle est de rester neutre.

— Où sont-elles allées, dans ce cas ?

— J'aurais aimé te le dire, mais tu m'as interdit de lire dans l'avenir, il y a des années de cela. À votre approche, ils se sont enfuis. Voilà tout ce que je peux affirmer.

— Un jour, tu risques de le payer très cher, Ebréelle ! le menaça l'Elfe noir. Tu sais très bien que notre monde court à sa perte si l'on garde ces humaines plus longtemps. Leur présence détériore le portail. Bientôt, nous ne pourrons plus le réparer.

— De cela, laisse-moi douter ! contra le grand sage.

22

Première escale.

L'escargot avançait bon train, fusant sur le chemin qui s'était totalement dégagé, sans ralentir à l'abord d'un village paysan. Marlin voulait mettre le plus de distance possible entre eux et les Magicantes qui s'étaient probablement lancés à leur poursuite à présent. Même si les débuts avaient été difficiles, le jeune elfe était passé maître dans la conduite du gonote. Les relances étaient plus douces et, lorsqu'il freinait, les filles ne venaient plus s'écraser contre la coquille. Ils avaient néanmoins ralenti l'allure et, depuis peu, Océane avait rejoint Marlin sur le long cou de l'escargot, prétextant qu'elle avait mal au cœur à l'intérieur.

— Je tenais à te remercier pour ton aide, Marlin, je sais que tu risques d'avoir des ennuis en nous accompagnant.

— Je suis aux ordres du vieil Ebréelle. S'il me dit de vous aider, je le fais, un point c'est tout.

— Un point c'est tout ! reprit-elle en souriant.

— Tu as très bien compris ! maugréa le jeune elfe un peu intimidé par la proximité de la jeune humaine qui lui tenait la taille pour ne pas tomber sur les côtés.

— Tu connais l'âge du grand sage ?

— Non, mais je dirais qu'il a au moins huit cents ans !

— Comment il fait pour paraître aussi jeune que nous ?

— Ebréelle a de grands pouvoirs, Océane. Bien plus que tu ne peux l'imaginer.

— Alors pourquoi ne pas s'opposer aux Magicantes et nous permettre de retourner chez nous ?

— Les histoires des grands sont parfois plus compliquées qu'on ne l'imagine. Mais je sais qu'il a enfreint beaucoup de règles déjà pour vous aider. M'envoyer vous escorter, vous permettre de séjourner au palais, te laisser rencontrer sa sœur pour qu'elle te soigne.

Océane leva les yeux vers le ciel en comprenant qu'elle avait mal jugé Ebréelle. Ses yeux contemplèrent les rayons d'un soleil d'été venant effleurer la cime des grands arbres qui s'élevaient fièrement vers le ciel. Depuis les hauteurs, entre les branches, Océane put apercevoir une gigantesque tête.

— Nous arrivons au royaume des géants de bois. Nous y serons en sécurité pour le reste de la journée.

— Je ne suis pas mécontente qu'on s'arrête ! intervint Clémentine, accoudée sur le rebord de fenêtre donnant sur le cou de la bête.

— Il y a une auberge un peu plus loin. On y mange bien, et les lits sont confortables !

— Mais nous n'avons pas d'argent ! s'affola Océane.

— Tant que vous resterez avec moi, on ne vous demandera pas d'argent ! assura Marlin. Ils savent que je travaille pour Ebréelle.

L'elfe gara l'escargot derrière le bâtiment en bois et invita les humaines à le suivre. Quork porta les valises d'une seule main.

— Tu es de plus en plus fort ! réalisa Océane. Et de plus en plus beau.

Le sang-mêlé lui sourit, fier que la jeune humaine le trouve beau.

Lorsqu'ils entrèrent dans l'auberge, celle-ci était bondée de monde. Toutes les tables étaient prises et les rares chaises qui traînaient encore étaient dans un état de délabrement total.

— Pas sûr que nous ayons les mêmes goûts en matière de confort ! releva Clémentine en croisant un elfe au teint laiteux.

— Bonjour, Marlin, une nouvelle mission ? demanda l'aubergiste avant de voir venir les deux humaines.

Il n'avait pas encore eu le temps de répondre que le propriétaire s'était déjà éclipsé pour ne pas avoir d'ennuis avec les Magicantes.

Une table se libéra dans l'instant et, en peu de temps, tous les clients s'étaient précipités pour régler l'addition et pour fuir les lieux.

— Je vous disais bien que ce serait calme ! ajouta Marlin en prenant place devant une belle assiette de ragoût encore fumant, laissée précipitamment par un client.

— Ils sont si terribles que ça ces Magicantes ? s'inquiéta Océane. Je me demande si nous ne devrions pas reprendre la route, finalement.

— Pas possible. Le gonote est fatigué. Ne vous inquiétez pas, nous serons repartis à la première heure demain matin. Je vous conseille de manger, la journée de demain risque d'être longue et, nous n'aurons peut-être pas la possibilité de reprendre un repas avant le soir.

Clémentine se souvint que les nuits ne duraient que trois ou quatre heures. Aussi trouva-t-elle une place sans se plaindre, laissant Océane lui faire de grands yeux sans broncher.

— J'ai faim ! admit la jeune horticultrice. Mais j'aimerais plutôt avoir une assiette propre.

— Viens t'asseoir, Océane, crois-moi, on ne risque rien cette nuit. Tu as ma parole ! déclara Marlin.

Le tavernier débarrassa la table en maugréant quelques injures que seul Marlin comprit, puis revint avec un gros morceau de pain fumant et trois assiettes vides.

— Nous sommes quatre ! prévint Marlin qui avait englouti l'assiette oubliée sur la table.

Le korrigan plissa ses yeux inamicaux avant de retourner à la cuisine pour revenir avec une nouvelle assiette qu'il jeta devant Quork.

— J'ai l'impression qu'on dérange ! signala Océane.

— Non ! Ne t'en fais pas, c'est juste qu'il sait que les Magicantes vont venir lui poser des questions !

— C'est pour ça qu'il jette les assiettes ?

— Non ! C'est parce que moi un peu de comme lui ! répondit tristement Quork en baissant les yeux.

— Il est sûrement jaloux parce que toi tu es beau ! reprit Océane en lui faisant un clin d'œil.

Le repas se déroula dans une parfaite tranquillité. L'aubergiste s'était habitué à la présence de Quork qu'il considérait toujours comme une aberration.

— Tu choisissais mieux tes amis avant d'être le larbin de service d'Ebréelle ! lança le korrigan frustré.

Marlin ne répondit pas à la diatribe, préférant se remplir le ventre avec le ragoût fortement épicé.

Clémentine se surprit à aimer son repas. Un léger goût de cannelle relevait le plat principal. Elle se trancha une belle part de pain et un sentiment de contentement l'envahit tout entière.

— C'est de loin le meilleur pain que j'aie mangé de ma vie. Il est fait avec quoi ?

— Avec de la farine de fleur ! Les lutins jardiniers fournissent pratiquement tout ce que nous mangeons sur Androlia. Il est interdit de prélever les fruits et les légumes des zones sauvages.

— Et cette viande ?

— Probablement un vieux gonote ! répondit distraitement Marlin la bouche pleine.

— Ahhh, tu vois, que ça se mange ! bondit Clémentine.

— Pauvre bête ! se désola Océane en faisant non de la tête. Une dure vie de labeur et ensuite on les mange. Vous n'êtes finalement pas très différents de notre monde.

— Il faut bien se nourrir, n'est-ce pas ? argumenta l'elfe en avalant d'un trait sa bouchée.

— Je présume que oui, je dis seulement qu'il y a peut-être d'autres manières de le faire.

— Moi, je remarque que la cannelle est très présente chez vous...

23

Une chambre pour quatre.

Le jour déclinait peu à peu derrière les immenses arbres en bordure de plaine. L'auberge, illuminée seulement par des candélabres qui répandaient un parfum d'huiles essentielles, prenait des aspects inquiétants.

Le vent forcissait au dehors, chahutant les volets et les portes mal ajustés au bâti. Les enfants se seraient crus en plein film d'horreur. Les ombres grandissantes formaient, entre chaque point lumineux, des illusions spectrales qui renforçaient la sensation d'insécurité.

— Tu avais raison ! commença Océane. Il ne fait pas bon être dehors avec ce vent.

— Dans la région, les tempêtes sont fréquentes, surtout à la nuit tombée.

Un orage éclata non loin de l'auberge, créant un court instant une atmosphère fantomatique qui glaça le sang des humaines. L'édifice tout entier grinçait et craquait.

— Ça va tenir ?

— Ouiiiii ! ne vous en faites pas. Cette demeure doit avoir l'âge du grand sage.

— Reconstruite l'année dernière ! rectifia l'aubergiste en arrivant pour débarrasser les plats.

— Il plaisante ! assura Marlin.

— Pas du tout, il faisait un vent à décorner un Marufle, comme ce soir, reprit le tavernier pour s'assurer qu'ils ne resteraient pas dormir chez lui.

— Je suppose que vous étiez là pour en témoigner ! demanda habilement le garçon.

— Tout à fait ! se rengorgea l'aubergiste.

— Vous voyez ! apprécia Marlin. S'il est encore là pour en parler c'est que ce n'était pas si terrible.

Le korrigan fronça les sourcils puis tourna les talons pour disparaître dans la cuisine où il fit un baroufle du tonnerre en jetant les casseroles dans l'évier.

Le repas se termina dans la joie et la bonne humeur. Quork faisait le pitre et inventait des histoires à mesure qu'il parlait. Les jeunes filles étaient totalement sous son charme. Surtout lorsqu'il montra ses premiers talents de chanteur. Sa voix était envoûtante, ses paroles bien qu'inconnues aux oreilles des filles ne manquèrent pas de créer leur effet. Elles étaient plongées dans l'allégresse. En fermant les yeux pour mieux apprécier, Clémentine imagina être sur une île exotique, entourée de cocotiers. Pouvant même avoir l'impression de sentir les embruns sur son visage.

Marlin en profita pour admirer Océane du coin de l'œil. Il aimait son sourire, sa douceur dans sa voix et sa simplicité lorsqu'elle riait. Mais il était fasciné par ses cheveux roux. Sur Androlia c'était rare, voire inexistant. Soudain, il croisa son regard bleu. Elle lui sourit et, gêné, il enchaîna.

— Nous devrions aller dormir un peu, demain, nous allons traverser les plaines de Valcala. Cela peut être dangereux et fatigant nerveusement. Les géants de bois ne sont pas méchants mais ils pourraient nous écraser par inadvertance si l'on en croisait un.

— Okay ! Sympaaaa ! appuya Clémentine en forçant chaque fin de mot. J'imagine déjà le résultat. Ça m'arrive tout le temps dans ma serre. Comme si les escargots arrivaient comme par magie sous mes pieds.

Océane lui fit une grimace de dégoût avant de se perdre dans ses réflexions.

L'aubergiste revint une bonne demi-heure plus tard pour donner l'unique clef de chambre à Marlin.

— Il ne me reste que la chambre cinq. Elle se trouve au premier étage. Tâchez de faire avec ! expédia le korrigan d'un ton exacerbé.

Marlin précéda le groupe sans rien dire puis ouvrit la porte sur une sorte de dortoir étroit, où trônaient six lits rudimentaires dont un était déjà hors d'état de servir.

— Tu es sûr que cet endroit est confortable ? s'amusa Clémentine.

— Ce sera toujours mieux que dans le gonote, je présume ! intervint Océane.

Marlin lui sourit en fermant la porte à clef.

Il alluma une bougie et coinça les volets pour occulter la lumière de la lune.

— Dans notre monde, ce n'est pas très bon d'avoir les rayons lunaires sur nous lorsque nous dormons. On a tendance à faire des cauchemars.

— Si tu le dis !

Quork fut le premier à trouver sa place. Clémentine passait en revue chaque literie en faisant la moue.

— Ils mettent quoi dedans ? Ça pue le crottin de chèvre !

— À peu de chose près, c'est ça ! avoua Marlin en s'installant sur le lit superposé avec celui d'Océane.

Quork ne mit pas longtemps à s'endormir, mais Clémentine avait du mal à trouver une position qui ne lui fît pas mal quelque part.

— C'est un enfer, ce lit. Le vôtre est mieux ?

— À toi de nous le dire, tu les as tous essayés ! contra Océane en fermant les yeux, remplis de fatigue.

Les bruits du vent et les lits qui tremblaient empêchèrent quiconque de trouver réellement le sommeil. Marlin maugréait dans sa barbe en se promettant de rendre la monnaie de sa pièce à l'aubergiste qui leur avait donné la pire chambre qu'il possédât, juste pour se venger qu'on lui impose la présence d'un sang-mêlé.

Au cœur de la nuit, le vent avait finalement cessé. La bougie trop courte s'était éteinte et les enfants purent enfin trouver un peu de réconfort en dormant. Les respirations étaient calmes, régulières, apaisantes. Cela dura une petite heure puis la terre se mit à trembler violemment, les lits grincèrent et tout ce petit monde sursauta en ouvrant des yeux lourds, immensément lourds de fatigue.

24

Courte nuit et ennuis en perspective.

— C'est quoi ce raffut ? marmonna Clémentine en se forçant à garder un œil ouvert.

— Si c'est l'aubergiste, cette fois il ne va pas s'en sortir comme ça ! prévint Marlin de très mauvais poil.

De nouveaux tremblements ébranlèrent les lits vides et même ceux où ils étaient restés assis. Océane posa un pied au sol, puis l'autre, avec une paresse excessive.

— Si c'est l'aubergiste, alors c'est qu'il est en train de démolir son auberge, parce que le sol tremble vraiment fort, je trouve !

— Marlin sauta depuis son promontoire pour aller entrouvrir les volets.

Dans la pénombre angoissante, il distinguait des formes gigantesques se déplacer de l'ouest vers l'est dans l'épais brouillard.

— Ce sont des géants de bois qui traversent la forêt.

— Ils ne dorment pas la nuit ?

— Ordinairement si ! Il se passe quelque chose de pas normal !

— Les Magicantes ?

— Je ne crois pas !

— Alors on fait quoi ?

— Je vais aller voir. Restez ici, jamais ils n'approcheront aussi près des habitations des korrigans.

— Et si ce sont les Magicantes ?

— Impossible ! affirma l'elfe. Mais si c'est le cas, on foncera reprendre le gonote pour les distancer.

Clémentine s'était réfugiée dans le lit de son amie qui s'était replacée sous les draps épais.

— Tu me fais une petite place ? demanda-t-elle gentiment.

Océane avait de mauvais souvenirs qui revenaient à sa mémoire. Dans l'orphelinat, elle avait passé dix ans dans un dortoir du même type, se retrouvant parfois à dormir à même le sol à cause d'une fille plus grande qui imposait sa loi sur les autres.

— S'il te plaît, j'ai peur, là-bas ! insista Clémentine.

Océane lui ouvrit les draps et, toutes deux se blottirent l'une contre l'autre pour se rassurer.

— Normalement, je vais me réfugier dans le lit de mes parents. Mais je suis heureuse de partager cet instant avec ma meilleure amie.

— Ta meilleure amie ne t'aurait pas conduite ici ! rouspéta l'orpheline.

— Je ne suis pas d'accord, Océane. Grâce à toi, j'ai la chance de vivre un truc inimaginable. Lorsque l'on retournera chez nous, cette part de notre enfance restera à jamais dans notre cœur. Alors, merci de m'avoir fait découvrir ce monde.

— Voir le bon côté des choses c'est ça ! ? !

— Exactement ! s'extasia son amie en apercevant Quork qui montait la garde devant la porte.

— Dommage qu'il n'y ait plus de bougie ! se désola Océane. Ça me flanque la frousse de savoir Marlin dehors.

— Quork saura nous protéger ! signala Océane en le remerciant de sa présence.

— Quand même, j'aurais aimé y voir plus clair.

— Bon ! Si je te procure un peu de lumière, ici, tu te tais ?

— Tu as des allumettes ?

— Je suis une allumette ! rectifia Océane en retirant son gant.

Clémentine resta en admiration devant la main légèrement rosée qui projetait une agréable lumière très diffuse. Elle avait bien vu à leur départ qu'elle portait un gant et qu'elle utilisait sa main, mais elle n'avait pas osé aborder le sujet.

— J'ai l'impression de voir un micro-cosmos se balader à l'intérieur de ton bras. C'est juste hallucinant.

— Si tu continues, je remets mon gant ! protesta Océane en admirant pour la première fois sa nouvelle main.

On tapa à la porte et Quork l'ouvrit sans la moindre crainte.

— Un géant de bois a perdu l'un de ses enfants. Ils ne cesseront de courir partout que lorsqu'ils l'auront retrouvé ! les renseigna Marlin, exténué.

— Dans cette pénombre et ce brouillard, ils ont peu de chance d'y arriver ! conclut Clémentine.

— Et nous de finir notre nuit ! chuchota Océane en cachant sa main sous les draps. Autant aller les aider.

— Je ne sors pas avant que le jour se lève ! protesta la jeune horticultrice en plaçant les draps jusque sous son nez.

Océane la poussa du bout des pieds puis sortit à son tour après s'être assurée que son gant cachait l'intégralité de son membre phosphorescent. Marlin prit les devants et guida les jeunes filles dans la nuit alors que Quork fermait la marche. Ils passèrent devant l'aubergiste extrêmement irritable qui se trimbalait dans une redingote mauve à large capuche.

— Je n'y suis pour rien ! se défendit-il en affichant un sourire machiavélique.

— Je l'espère pour toi. Dans le cas contraire, je demanderai aux géants d'écraser ton auberge ! menaça Marlin très en colère.

25

Entretien en haut lieu.

Les premiers rayons de soleil arriveraient dans une bonne heure. Seules quelques petites flammèches s'invitaient sur la plaine de Valcala. Le brouillard se teintait de pourpre et d'or et donnait l'impression que les géants nageaient en pleine mer agitée. Ils étaient immenses, tous rassemblés en un même endroit pour organiser les recherches de Beaupoid. Le jeune géant de bois s'était perdu quelque part dans le royaume de Valcala. Les fouilles obligeraient les géants à ratisser tout le domaine, depuis la forêt Dabaldise, la plaine et le bois des fées.

Les enfants s'étaient avancés jusqu'à eux avec prudence pendant que Quork s'occupait de préparer le gonote comme le lui avait demandé Marlin. Les affaires à bord, il le dirigea lentement vers l'orée du bois pour être prêt à partir si les Magicantes pointaient leur nez.

— J'ai l'impression de me retrouver dans les histoires de Gulliver. Sauf que là, ils sont sacrément nombreux ces géants !

— Nous sommes sur leur terre, Clémentine. C'est normal qu'il y en ait beaucoup. Ils ne sortent jamais des plaines de Valcala. Ou alors, ils sont escortés par des pilotes pour ne pas faire de victimes. Les chenilles, les escargots, les papillons et d'autres insectes que nous utilisons comme moyen de transport proviennent tous de Valcala.

— Sauf que, pour le moment, j'ai l'impression que c'est nous les insectes ! signala Océane amusée.

— Pourquoi sont-ils si contrariés ? s'interrogea Clémentine en les observant.

— Les géants de bois sont en voie d'extinction. Leur espèce se raréfie d'année en année. Ils n'arrivent plus à concevoir de nouveau-nés. C'est pour cette raison qu'ils sont aussi inquiets sur la disparition de leur progéniture.

L'elfe utilisa un porte-voix minuscule jusque-là dissimulé dans l'une des poches de sa veste. Les jeunes filles sursautèrent quand il s'en servit pour interpeller les géants. Il ne fallut qu'un court instant avant qu'une main immense, semblant venir des étoiles, se pose à quelques mètres d'eux. Marlin invita ses amies à le suivre et ils gravirent la tranche de l'épaisse main pour parvenir à se mettre debout dans la paume. Océane était autant fascinée que terrifiée. Inutile d'imaginer ce qu'allait ressentir Clémentine avec son vertige une fois dans les nuages. Le géant attendit que tous soient regroupés au creux de sa main, pour l'élever vers le ciel. L'ascension ne dura que très peu de temps. Des miettes de secondes durant lesquelles la peur, le doute venaient se télescoper avec l'adrénaline produite par cette incroyable expérience. Même si le géant faisait de son mieux pour ne pas les remonter trop vite, les enfants furent, malgré tout, fortement éprouvés par leurs efforts pour réussir à rester debout en crispant leurs muscles de cuisses et en se tenant les uns les autres pour ne pas tomber. Ils traversèrent l'épaisse brume sous une pression continue, puis embrassèrent un panorama splendide en partie dissimulé derrière les doigts du géant. Lorsque cela s'immobilisa, l'une et l'autre en profitèrent pour inspirer goulûment l'oxygène vivifiant à cette altitude. Un vent frais leur fouettait le visage.

Clémentine fit l'erreur de regarder le sol au travers des rares percées de nuages pour distinguer Quork et l'escargot prêt au départ.

« Ça fait donc ça d'être un insecte » songea l'enfant en commençant à subir les effets de la hauteur. Le groupe s'était immobilisé à cinq bons mètres du menton du géant. Ils purent en tournant sur eux-mêmes identifier plus facilement les autres géants de bois qui les regardaient avec curiosité.

— Je suis morte de trouille ! chuchota Clémentine en se cramponnant à l'épaule de Marlin.

— T'as retrouvé Beaupoid ? demanda la créature gigantesque qui dégageait une agréable odeur de jasmin.

— Non, Lamlin. Mais avec mes amies, nous allons vous aider à le chercher. Notre taille sera l'un de nos atouts.

— Comment veux-tu procéder ? s'enquit l'un des géants en s'approchant.

— Mon ami Quork, arrivera à capter son aura. Il est très spécial. Mais nous aurons besoin de votre protection en échange.

— De quoi parles-tu, Marlin ? Ton maître ne peut plus te protéger ? Et où est Sarzarc ? On ne le voit plus voler dans le coin depuis un bon moment.

— Maître d'arme Sarzarc avait une mission de la plus haute importance qui exigeait sa présence ailleurs ! avertit le jeune elfe un peu évasif.

— Tant que vous serez sur nos terres, personne ne vous fera de mal ! assura le géant de bois.

— Dans ce cas, reposez-nous à l'orée des bois, nous chercherons en forêt et, vous, sur les plaines.

— Si vous le permettez ! intervint Océane. Avant de courir dans tous les sens, j'aimerais bien savoir deux ou trois petites choses. La première, comment vous a-t-il faussé compagnie ? Marche-t-il déjà ?

— Oui, Beaupoid marche depuis trois jours, il est capable de se faufiler n'importe où !

— Très bien, mais la dernière fois que vous étiez avec lui c'était quand et où ?

— C'était hier en fin de journée, beaucoup plus au nord, en bord de rivière dans notre campement !

— Je présume donc que depuis hier, vous le cherchez en descendant toujours plus bas vers le village des korrigans ?

— On s'est reparti en petits groupes, certains ont longé le cours d'eau, d'autres la plaine et, nous, nous voulions fouiller les forêts.

— Il est grand comment votre enfant ? poursuivit Océane.

— Où veux-tu en venir, océane ? Le temps presse je te signale ! coupa Marlin.

— Dans notre monde, on appelle ça mener l'enquête. Courir dans tous les sens sans organisation sera en pure perte.

— De votre taille ! répondit le géant intrigué par le raisonnement de la petite humaine.

— S'il est grand comme nous, qu'il se déplace aussi vite que nous, je crois que vous vous êtes beaucoup trop éloignés de votre point de départ, conclut Océane. S'il ne possède pas de dons particuliers, qu'il ne possède pas de moyen de transport comme les fagrupans ou les gonotes que nous avons utilisés, je présume que remonter vers votre campement d'origine nous donnerait un sérieux avantage.

Marlin la dévisagea presque malgré lui. Son raisonnement était juste.

— Ce que veut dire Océane, c'est qu'il est envisageable que votre enfant se trouve toujours là où vous l'avez laissé ! en déduit Clémentine.

Les géants se regardèrent bêtement avant que certains ne partent en courant en sens inverse.

— En combien de temps seront-ils arrivés ?

— Trois ou quatre heures. Ce sont les plus rapides d'entre nous ! signala le père du petit disparu.

— Et nous avec le gonote ? demanda Océane à Marlin.

— Laisse tomber, Océane ! capitula le jeune elfe. Les plaines de Valcala se déforment à volonté pour ajuster les lieux à leurs occupants.

C'est bien trop compliqué à t'expliquer, mais disons qu'il nous faudrait deux jours pour arriver à leur campement. Le gonote à besoin de se recharger toutes les huit heures environ. Nous ne pouvons donc plus les aider, se désola Marlin.

— Au contraire, Marlin, le problème reste le même. Si Lamlin et les siens se sont précipités jusqu'ici, c'est qu'ils ne le voyaient plus. Autrement dit, avec notre taille nous pouvons les aider à le retrouver, car je doute que Beaupoid soit resté seul au même endroit depuis leur départ. Nous devons partir avec eux.

26

Un monde en mouvement.

Il était encore tôt, mais déjà au loin se pointait en fond d'horizon le soleil d'Androlia. Les montagnes se teintaient de couleurs surnaturelles. Sur un ton orange se déclinait toute une gamme de rouge jusqu'au rose clair. Les plaines de Valcala se révélaient peu à peu au grand jour, laissant Océane et Clémentine totalement séduites par cette beauté naturelle. Il y avait à perte de vue des champs entiers de fleurs de toutes les couleurs, survolés par des papillons gigantesques dans les tons vert et bleu couverts d'arabesques jaune vif, des sortes d'abeilles grosses comme des chats, ou encore des créatures terrestres se mouvant sournoisement sous les corolles complètement ouvertes.

À la demande de la jeune Océane, Lamlin avait ramassé Quork et le gonote pour les déposer sur son épaule avant de prendre la direction du campement. Le géant de bois n'était pas le plus rapide de son espèce, pourtant chacun de ses pas parcourait facilement vingt bons mètres. Ses congénères plus jeunes le distançaient lentement mais

Lamlin, en charge des humains, préféra rester prudent. Tous s'étaient réfugiés dans la coquille de l'escargot qui s'était collé au bois avec son immense ventouse.

— Je me vois déjà raconter toutes mes aventures à mes enfants ! s'amusa Clémentine. Comme dans Peter Pan.

— Pas sûr que tu puisses ! lâcha nerveusement Océane.

— Ne fais pas ta rabat-joie. Une autre vie nous attend après ça. Alors profite de l'instant présent plutôt que de me donner le bourdon !

— Pardon Clémentine, c'est juste que... Bahhh tu as raison ! se reprit l'orpheline. Profitons du moment présent.

Depuis la fenêtre, la jeune fille admira le monde qui filait sous leurs pieds. D'incroyables forêts couvraient les abords de la plaine qui se fripait et s'étirait devant eux comme un mirage inexplicable. D'énormes vlandavios s'élevaient prestement sur le passage des géants avant de planer et se poser sur d'autres fleurs encore chargées de pollen. Clémentine admira le corps en bois de Lamlin. Une particularité impossible à imaginer dans son monde. Les fibres s'étiraient comme celles des muscles des humains en grinçant et craquant à chaque mouvement. Les êtres géants étaient totalement nus et dépourvus d'organe de reproduction. Ils laissaient apparaître des nœuds et des craquelures d'écorces qui protestaient dans les grandes amplitudes. Quork leur ressemblait beaucoup. Il n'était cependant pas fait du même bois. Ses fibres plus fines, ses traits plus délicats et, surtout, son visage moins anguleux, l'apparentaient davantage aux humains.

Les heures passèrent et la lassitude gagna le groupe. Marlin, avec la permission de Lamlin, organisa une expédition sur les épaules du géant. Les jeunes filles voyaient mal ce qui motivait le jeune elfe. Aussi le suivaient-elles docilement en faisant attention de ne pas faire une chute mortelle. L'écorce qu'elles foulaient et qui couvrait en totalité Lamlin était dure comme la pierre et striée de fissures. À plusieurs reprises, et à contrecœur, les humaines furent obligées de sauter par-dessus de profondes entailles pour rallier le bord opposé. Sous eux, le sol défilait à grande vitesse, ce qui rendait leur excursion plus complexe que ne voulait l'admettre Marlin. L'elfe se moquait amicalement des filles un peu trop maniérées pour le garçon des forêts qu'il était. Cela faisait longtemps qu'il ne s'était pas senti aussi bien. Pouvoir jouir de sa jeunesse sans être réprimandé par des adultes qui le voulaient déjà sage et réservé. C'était bon de se sentir libre, d'agir sans trop se poser de questions. Lorsqu'ils arrivèrent à la base du cou du géant, Marlin leur dévoila un épais bosquet en fleurs qui remontait comme des cheveux sur le sommet du crâne du géant.

— Mais où nous emmènes-tu comme ça ? s'inquiéta Océane.

— Oublie tout ce que tu crois savoir, Océane. Les règles de ton monde, la logique humaine n'ont pas leur place ici. C'est pour cette raison que les Magicantes vous pourchassent. Ils ont peur que vous contaminiez la magie d'Androlia, comme d'autres l'on fait par le passé avant de finir en êtres de la nuit.

Il se glissa entre des branches feuillues et disparut derrière.

— Suivez-moi ! s'écria-t-il d'une voix étouffée.

Clémentine hésita, alors qu'Océane se précipitait entre les petites branches, presque euphorique.

— Viens Clémentine, tu vas halluciner ! s'époumona l'enfant en disparaissant à son tour.

La jeune horticultrice regarda Quork qui fermait la marche pour savoir s'il était du même avis.

— Toi pas avoir peur ! soutint l'hybride en souriant. Moi te protéger.

Clémentine poussa les feuillages et osa enfoncer sa tête pour tomber sur Océane qui l'attendait en souriant.

L'orpheline s'écarta pour laisser son amie découvrir une vaste grotte envahie de rosiers principalement bleus, dissimulés derrière les bosquets cheveux. Une lumière diffuse, provenant des multiples fissures qui constellaient le corps de Lamlin, éclairait l'intérieur du géant.

— Dites-moi que je rêve ! rayonna Clémentine. Comment est-ce possible ? Je m'attendais à voir des viscères puants, des entrailles, des boyaux infects, tout sauf des fleurs, des feuilles et cette odeur divine de jasmin !

— Les géants de bois sont à leur façon un micro-cosmos à eux seuls, déclara Marlin. Ils abritent des finfillas qui garantissent la bonne santé de chaque hôte.

— C'est quoi les finfillas ?

— Viens ! proposa Marlin, je vais essayer de t'en montrer un. Ils sont très farouches en général. Ils n'aiment guère que des étrangers s'aventurent dans leur monde.

27

Un, deux, trois, soleil…

Quork sur leurs talons, Marlin, Clémentine et Océane suivaient un sentier sinueux qui descendait toujours plus bas, au cœur de la végétation. Bientôt, ils arrivèrent devant un mur de branches entrelacées qui n'offrait guère de passage à leur taille.

Marlin escalada le maillage et, au prix de terribles contorsions et de jurons, se retrouva de l'autre côté en forçant un sourire de vainqueur.

— Attendez-moi ici, je reviens avec un finfilla.

— Laisse tomber ! s'opposa Clémentine. Ne va pas les déranger.

Marlin était du genre têtu et avait disparu avant même qu'elle ne finisse sa phrase.

Il y eut des rires, des craquements sinistres. Ils échangèrent quelques paroles sur ses avancements, puis un cri court, presque terrifiant, retendit loin derrière les barreaux de bois.

— Tu fais quoi ? l'apostropha Océane. Reviens… Arrête de faire l'idiot ou je me fâche.

Mais Marlin ne répondait plus.

— Marlin ! s'époumona la jeune orpheline de plus en plus anxieuse.

— Il est en train de se jouer de nous ! clarifia Clémentine.

Plusieurs minutes passèrent avant qu'elles n'imaginent le pire.

— Quork tu peux aller voir ce qu'il fait ?

L'hybride, en réponse, escalada les branchages avec une facilité déconcertante et accéda à l'autre côté pour commencer les recherches. Il débusqua une petite créature toute mince qui agitait nerveusement ses immenses oreilles en poussant des petits cris hystériques.

— Finfilla ! s'écria Quork en le laissant partir se cacher dans une faille étroite.

— Ne t'éloigne pas ! demanda gentiment Océane. Je n'ai pas envie qu'il t'arrive malheur.

Quork apprécia ce témoignage de tendresse. Il lui sourit avant d'afficher un visage sombre.

— Quoi ? Clémentine, terrifiée, comprenait qu'il y avait quelque chose d'anormal.

— Revenir ! assura le jeune hybride. Traces de Marlin, ici... Sang... finit-il par révéler en revenant vers la barrière de bois. Je crois, lui avoir des ennuis ! lâcha-t-il sérieusement.

— Reviens de notre côté Quork ! ordonna Océane.

— Aider ! dit simplement l'hybride soucieux. Vous, remonter au gonote, moi, trouver Marlin et revenir avec lui.

— Hors de question que tu partes tout seul ! se fâcha Océane en retirant son gant pour placer sa main magique sur les barreaux de bois.

Ceux-ci se mirent à tournicoter dans tous les sens puis s'écartèrent assez pour permettre à la jeune fille de se glisser par l'interstice.

Clémentine l'aida à prendre appui tout en lui intimant de ne pas y aller.

— Il est temps que l'on fasse quelque chose d'autre que de pleurnicher, décréta l'orpheline. Marlin nous a sauvé la vie. Il n'est pas question que je le laisse tomber.

Clémentine pesta plusieurs fois puis s'engouffra à son tour dans la brèche pour prendre appui de l'autre côté du mur de branches.

— Je te félicite pour ton courage ! annonça Océane.

— Tu parles, je suis morte de trouille, je préfère encore être à vos côtés.

Dans d'autres circonstances, Océane aurait ri devant la franchise de son amie. Mais le sort de Marlin la préoccupait vraiment.

Derrière Quork, les adolescentes, main dans la main, s'enfoncèrent dans un étroit passage obscur où de rares rais de lumière provenant de l'extérieur de Lamlin perçaient comme des couteaux acérés. Les éclairages disparaissaient à intervalles réguliers avant d'illuminer à nouveau les lieux inquiétants.

— J'ai l'impression que nous sommes arrivés au niveau du ventre ! hasarda Clémentine. À chaque torsion de son abdomen, des fissures laissent entrer la lumière du jour avant de s'occulter en attendant le prochain mouvement. Ce serait sympa de pourvoir dire à Lamlin de s'arrêter de marcher le temps qu'on retrouve Marlin. S'il restait dans la même position, nous pourrions y voir à notre aise !

— Ou bien je fais ça ! contra Océane en brandissant sa main devant elle.

La paume, face aux ténèbres, s'intensifia peu à peu pour projeter un halo blanchâtre qui rassura immédiatement Clémentine.

— Ça te fait pas mal ?

— Absolument pas ! la rassura Océane en avançant lentement vers une boule de branches et de feuilles aux allures spectrales.

Clémentine n'était vraiment pas rassurée, pourtant, elle fermait la marche sans se plaindre. Quork, en première ligne, vint se poster devant l'arbuste qui se mit à bouger à son approche.

— Fais attention ! s'écria Océane en le tirant en arrière.

— Les minuscules petites branches finirent de s'étirer pour laisser apparaître le corps d'un bébé tout vert aux grands yeux gris.

— C'est quoi ?

— Lui être bébé de Lamlin.

— Comment c'est possible ? Je n'y comprends plus rien… C'est celui que nous sommes censés chercher à leur campement ou bien Lamlin attend un autre bébé ?

La question resta sans réponse car, depuis les profondeurs, une lumière, artificielle cette fois, venait vers eux. Ils eurent à peine le temps de se cacher derrière des concrétions de bois fossilisés, qu'un groupe de korrigans torche en main remontait l'artère.

— C'est normal qu'ils soient là, ceux-là ? chuchota Clémentine.

— Pas vraiment… D'après Marlin, seul les finfillas vivent ici.

— Je n'aime pas trop ce que je vois ! continua l'horticultrice, en voyant les korrigans tirer sur les branches d'un arbuste comme celui qui cachait le bébé que tenait Océane dans ses bras.

— Ils font quoi ?

— Ils volent les bébés des géants, si tu veux mon avis !

— Pour en faire quoi ? Tu crois qu'ils les mangent ?

— Pitié ne me dis pas ça ! s'exclama Clémentine, écœurée, en enfonçant sa tête dans les épaules lorsqu'une torche éclaira leur position.

Océane n'avait pas eu le temps de remettre son gant, aussi pour rester discrète, elle avait dissimulé sa main lumineuse sous le bébé qui restait miraculeusement calme.

28

Récolte interdite.

Terrés comme des lapins, Quork et les deux jeunes filles regardèrent, impuissants, venir à eux un korrigan méfiant qui brandissait sa torche au-dessus de sa tête pour augmenter le rayonnement de la flamme.

— Tu fais quoi ? pesta l'un des individus en charge d'un bébé qui gesticulait dans tous les sens.

— Je crois qu'on n'est pas seul ! signala-t-il en contournant les tubercules entortillés.

Quork jaillit comme un ressort après avoir chuchoté aux filles de se tenir prêtes à fuir.

Le korrigan cria comme une fillette et tomba à la renverse en voyant l'hybride détaler à l'opposé de sa cachette. Les korrigans le prirent immédiatement en chasse en laissant tomber les bébés qu'ils avaient collectés.

L'hybride se révéla bon sprinter. Malgré cela, ses poursuivants se rapprochaient dangereusement. Suffisamment pour projeter une lance qui transperça son épaule avant de l'envoyer au sol sans ménagement. Quork hurla de douleur et de crainte. Des larmes aux yeux, il regarda la cachette pour s'assurer que les humaines étaient parties.

Océane et Clémentine, devant la scène surréaliste et la soudaine violence, n'avaient pas été capables de faire un geste. Figées sur place, elles écoutèrent, malades, les pleurs de Quork qui se débattait à présent pour se défaire de l'emprise des korrigans.

— Calme-toi ou je t'achève ! gronda celui qui l'avait cloué au sol.

— C'est quoi au juste ? s'enquit l'un d'eux.

— Encore une aberration de la nature ! trancha un gros korrigan répugnant.

— On en fait quoi ?

— On le ramène au camp, Savadge saura quoi faire de lui !

Après avoir relevé brutalement le pauvre Quork dans la douleur et les pleurs, le groupe de korrigans ramassa les bébés abandonnés pour repartir d'où ils venaient.

Océane avait remis son gant en place et s'était relevée pour regarder les torches s'évanouir au loin, dans les recoins de Lamlin.

— Inutile de se demander où est Marlin ! signala Océane en regardant tendrement le bébé qui gesticulait mollement dans ses mains.

— Tu suggères de faire quoi maintenant ?

— Marlin et Quork sont prisonniers des korrigans. Je ne vois qu'une seule chose à faire, les délivrer !

— Et comment ? Je te rappelle que nous n'avons aucun pouvoir !

— Je suppose que ce serait trop long de remonter prévenir Lamlin… Et puis je n'vois pas comment il pourrait nous aider à l'intérieur de lui-même.

— Si au moins son corps fonctionnait comme le nôtre, nous aurions une chance de sortir nos amis de là !

— Expose ton idée !

— Ben à supposer qu'à l'intérieur de Lamlin il y ait des anticorps et tout le blabla qui protègent des maladies et des virus, nous pourrions aller les voir pour leur demander de l'aide.

— Et comme ça, ils se débarrassent de nous aussitôt ! contra Clémentine. Je te signale que nous n'avons rien à faire ici non plus ! Si les korrigans sont des étrangers, je crois sans me tromper que nous aussi !

— Pas faux !

— On va les suivre et voir ce qu'on peut faire pour les aider.

— Ben voyons… De pire en pire ! s'agaça Clémentine. J'ai un mauvais pressentiment.

— Écoute, je vois mal ce qu'on peut faire d'autre. Sans eux notre voyage s'arrête ici de toute façon. Et puis je n'arrive pas à me résoudre à les abandonner. C'est au-dessus de mes forces.

— T'en fais pas, je suis comme toi ! Après tout, Quork est un peu notre bébé !

Clémentine arracha le petit être des mains de son amie pour le replacer dans un cocon de feuillage qui caressa le petit être du bout de ses feuilles.

— Je crois comprendre comment se reproduisent les géants de bois. Ils sont un peu comme des escargots. Ils sont à la fois des mâles tout en jouant le rôle de femelle. Ces arbustes sont des couveuses. C'est merveilleux, je trouve. Une symbiose parfaite de la nature. Tout un écosystème sur pattes.

— Et les korrigans ont trouvé l'endroit parfait pour vivre. C'est comme s'ils étaient dans des vaisseaux. Ils voyagent sans marcher, en ayant tout à porter de main pour se nourrir.

— Donc d'après toi, les bébés font partie de leur régime alimentaire ! ?

— J'ose espérer que non, mais il faut voir la réalité en face. Je ne vois pas ce qu'ils pourraient en faire d'autre.

— Cela signifie que tous les géants de bois sont infestés par les korrigans ! s'étrangla Clémentine.

— Qu'est-ce qui te fait dire ça ?

— Marlin disait qu'ils n'arrivaient plus à avoir de bébé… D'après toi, cela signifie quoi ?

— Mais c'est horrible !

— On doit impérativement prévenir les Magicantes.

— Tu es folle, eux aussi, ils n'attendent que de nous tomber dessus pour nous dévorer.

— Je suis dégoûtée de voir un si bel endroit, un système aussi inventif se faire dévaster par des envahisseurs.

— D'une certaine façon, ils reproduisent le modèle humain. Nos semblables aussi dévastent un monde fabuleux qui se déplace sur lui-même.

— Théorie intéressante ! avoua Clémentine.

29

Navrante découverte.

N'ayant aucune autre bonne idée, ni alternative convaincante, Océane et Clémentine s'étaient lancées sur les traces des korrigans.

Elles ne mirent pas longtemps pour les rattraper. Le dernier qui fermait la marche, regardait, méfiant, par-dessus son épaule à intervalle régulier, comme s'il les sentait.

— On doit faire attention. S'ils nous prennent, c'en sera fini pour tout le monde, rouspétait Clémentine à tout bout de champ.

— Et si tu ne te tais pas, ils vont finir par nous entendre ! contra Océane à voix basse, les dents serrées.

En quelques minutes, ils sortirent des artères sombres des couveuses pour serpenter dans une végétation impressionnante. Il y avait des arbres bas, de part et d'autre du sentier, couverts de feuillages roses et de fleurs bleues qui profitaient d'une lumière envoûtante, filtrée par des membranes tendues au-dessus de leur tête. En contrebas, sur leur droite, aux pieds des falaises, il y avait des dizaines de maisons faites de bois et de cordages, reliées par des chemins aménagés grouillant de korrigans très actifs.

Les filles se tapirent derrière un jeune arbuste pour regarder Quork et son escorte entamer une descente abrupte sur de grosses racines qui s'entortillaient depuis le bas de la falaise pour remonter vers le haut du corps de Lamlin. Difficile de ne pas oublier qu'elles erraient dans un organisme en mouvement. Océane se mit même à imaginer l'intérieur de la tête du pauvre géant de bois qui devait être à des lieux de savoir tout ce qui se passait à l'intérieur de lui. En comprenant les pensées de l'orpheline, Clémentine, affolée par la présence des korrigans, se tint le ventre en faisant une grimace.

— J'espère qu'à l'intérieur de moi, il n'y a pas toute cette agitation…

— C'est peut-être pire ! suggéra Océane en lui souriant.

— On n'a pas affaire à des braconniers isolés, mais carrément à tout un village ! souffla Clémentine. Je ne vois pas comment on va faire pour les tirer d'ici !

— J'en n'ai aucune idée. Mais le plus important c'est de savoir où ils les retiennent prisonniers. Après, on avisera pour les aider à s'échapper.

Avec une extrême prudence, elles se rapprochèrent de la falaise en rampant pour trouver le moyen de descendre sans se faire repérer.

— Le seul moyen que je vois, c'est de passer par la végétation là-bas. Une fois en bas, nous pourrions nous cacher derrière la grosse cabane et tenter de nous faufiler de maison en maison pour suivre Quork. Je suis certaine qu'ils vont l'enfermer avec Marlin.

— Écoute… toute cette histoire est dingue depuis le début, alors comme tu m'as conduite ici, je te laisse préparer ce sauvetage. En espérant que nous ne nous ferons pas prendre. J'avoue que j'ai peur de ce qu'ils pourraient nous faire.

— Je regrette de ne pas savoir comment fonctionnent les organismes des géants de bois. Car je suis sûre que nous aurions pu demander de l'aide aux défenses immunitaires.

Pour une fois, c'est Clémentine qui passa la première. La tête baissée, elle longea l'escarpement pour se rapprocher des feuillus qui tapissaient une grande partie de la paroi, lorsque ce n'était pas des murs entiers de racines qui s'apparentaient à des poils gigantesques.

— Fais attention de ne pas tomber. La chute serait plus terrible que de se faire prendre par les korrigans.

— Pffff... tu crois que c'est une bonne idée de me rappeler que, entre moi et le sol, il y a au moins dix mètres ?

— Je disais ça pour faire la conversation.

— Si tu veux bien, je préférerais qu'on se fasse une petite causerie quand je serai saine et sauve et les pieds sur terre.

— Il n'y a pas de terre, Clémentine, on est à l'intérieur d'un corps en bois...

— Un mot de plus et je crie ! menaça la jeune fille en faisant de son mieux pour ne pas craindre le vide.

— Ok, je me tais ! capitula Océane en s'agrippant à son tour aux premières branches.

Dans les débuts, tout se passa très bien, mais ce qu'elles n'avaient pas envisagé c'est de se fatiguer aussi vite. Les efforts continus ajoutés au stress de tomber ou de se faire voir, rendaient l'exercice éprouvant.

Leurs bras et leurs jambes tremblaient, les prises s'en trouvaient moins sûres, surtout pour Clémentine qui n'avait pas la chance d'avoir une main magique à toute épreuve. Elles parvinrent finalement dans les derniers arbustes avant de constater qu'il restait encore au moins deux bons mètres, sans rien pour s'accrocher ni se dissimuler durant leur escalade.

— Bon, là on est mal ! chuchota Océane.

— Hors de question que je remonte tout ça ! s'énerva Clémentine, exténuée.

— Alors on fait quoi ?

— Si on se laisse tomber, je ne suis pas certaine qu'on arrive indemne. Je n'ai pas envie de me rompre le cou…

— C'est bien notre veine… Avoir fait tout ça pour rien ! maugréa l'orpheline en cherchant le moyen de s'accrocher à la paroi.

— N'y pense même pas ! grogna Clémentine en voyant ce que regardait son amie.

— Dans les jeux vidéo, ça marche !

— Tu ne sais même pas si ce tas de foin en est vraiment un. Si ça se trouve, c'est dur comme du béton.

— Y a qu'un moyen de le savoir, et puis quoi, il y a trois mètres tout au plus !

— Non t'es sérieuse ? T'es même pas sûre de tomber pile dessus. Tu vas te fracasser le crâne.

— Clém, je suis trop fatiguée pour remonter. Rester ici ne nous avancera à rien et poursuivre en s'agrippant à cette falaise nous rendra trop visibles… on n'va pas rester assise sur cette branche dix mille ans ? Non !

— Une heure de repos nous ferait le plus grand bien ! insista son amie.

— Écoute, reste si tu veux, moi je tente ma chance par la voie des airs.

— Je n'veux pas voir ça... Je suis incapable de te suivre, Océane, tu en as conscience ! ? !

— Je sais que tu as peur du vide, et ce que tu viens d'accomplir mérite vraiment une médaille, mais rendue là, je crois que le reste est moins dur, en fin de compte.

— Peux pas ! coupa court la pauvre fille en enroulant un peu plus son bras autour d'une grosse branche.

— Alors repose-toi, et remonte dès que tu peux. Rejoins le gonote et essaie de voir si tu n'peux pas le faire venir ici. Avec lui, nous pourrions remonter sans crainte et réussir à échapper aux korrigans.

— Arrête de me raconter des histoires, Océane, tu sais bien que le gros du problème reste le même. Nous devons débarrasser Lamlin de ces vilaines créatures. Ce qu'ils font n'est pas bien. Si nous ne faisons rien, les derniers géants de bois disparaîtront à cause d'eux.

30

Une planche de salut.

Océane avait un peu d'expérience des escalades et des sauts dans le vide. Chaque soir, elle descendait et remontait dans sa chambre en passant par la fenêtre et en utilisant les reliefs des murs pour se hisser dessus. Mais ce grand saut dans cette botte de foin, sans être certaine que ce n'était pas dur comme de la pierre, méritait de la faire hésiter.

Elle s'assit sur la branche qui était le plus à découvert, plaça ses mains de part et d'autre de ses hanches et, au prix d'une belle montée d'adrénaline, se jeta les pieds en avant en retenant un petit cri d'angoisse. Clémentine resta paralysée, attendant une longue minute avant de regarder sous ses pieds. Océane courait se réfugier derrière une vieille bâtisse en bois de récupération. À peine mieux qu'un bidonville de chantier. La porte principale avait été arrachée de ses gonds pour être jetée un peu plus loin sur un tas de fumier. Les fenêtres, pour la plupart, pendaient misérablement, comme sur le point de tomber. Une maison hantée n'aurait pas été plus étrange et inquiétante.

Dans les arbustes rabougris, Clémentine s'était motivée pour suivre son amie. Elle ne se voyait pas remonter les huit ou neuf mètres de branchages à la force de ses bras ankylosés, pas plus qu'elle ne s'imaginait rester sécher sur son promontoire à attendre la Saint-Glinglin. Tout comme Océane, elle décida de se placer sur la même branche et laissa pendre ses jambes dans le vide. En fin de compte, elle n'était pas si loin du tas de foin, cherchait-elle à se convaincre. Presque au-dessus... Une broutille, comme dirait sa mère. Les mains plaquées sur la branche, le cœur battant, Clémentine serra les dents et gonfla sa poitrine pour se donner du courage. Avant de trop réfléchir, elle s'élança les pieds en avant et, soudain, elle eut la curieuse mais désagréable impression qu'elle allait louper le tas. Elle retint l'envie de crier quand finalement ses pieds s'enfoncèrent profondément dans la paille. Dans sa chute, en moulinant dans les airs avec ses bras, elle avait réussi à se mettre un coup de poing dans la mâchoire qui la sonna quelques instants.

Océane, dissimulée dernière le mur délabré, cherchait à attirer son attention pour lui dire de venir la rejoindre. Mais Clémentine, encore étourdie, tournait mollement la tête de droite à gauche en frottant son menton et sa joue. Elle finit par s'extirper de la paille en gémissant. Les émotions avaient du mal à passer, tout comme la douleur qui envahissait la moitié de son visage. Elle finit par prendre sur elle pour surmonter la douleur et chercha sa direction avant d'apercevoir une main amicale lui faire signe de venir. Océane était nerveuse. Son amie se trouvait à découvert et pouvait se faire prendre à tout moment. Elle agitait nerveusement son bras pour lui intimer de se dépêcher en serrant les lèvres d'angoisse. N'étant pas sûre d'être vue, elle finit par se saisir d'une grosse planche qu'elle s'apprêtait à lancer.

Quelque chose se posa brutalement sur son épaule alors qu'on lui demandait ce qu'elle faisait là. Tout son corps se raidit, ses muscles se tendirent et, alors qu'elle se pensait incapable d'agir, elle se retourna violemment avec son bout de bois en main pour cogner sévèrement l'intrus qui s'était placé dans son dos. La planche explosa sur le crâne du korrigan qui l'avait débusquée. Il tituba surpris, puis s'affala sur le dos en fermant les yeux.

Clémentine n'avait pas loupé une miette des exploits de son amie.

— Une vraie sauvage !

— Il m'a fait peur ! se défendit l'adolescente en regardant à quoi ressemblait sa victime.

— Tu as de la chance qu'il ne soit pas épais, celui-là ! commenta la jeune horticultrice.

— Il est mort ?

— Non, regarde : son ventre se gonfle, tu l'as juste assommé.

Océane n'arrivait plus à quitter des yeux le pauvre bougre inconscient. Une bosse grossissait à vue d'œil sur son arcade sourcilière.

— On fait quoi maintenant ? Quand il sera réveillé, il ira tout droit nous dénoncer…

— Et avec ça ? demanda Clémentine en désignant une corde qui traînait là sur le sol.

— Je ne le touche pas ! signala Océane. C'est toi qui l'attaches !

— Ah, d'accord ! Tu les assommes et moi je les saucissonne, c'est ça ton plan ?

— On se répartit tout simplement les tâches ! insista l'orpheline en souriant.

— Et tu comptes assommer tout le monde ? s'amusa Clémentine en terminant un gros nœud.

— Hilarant ! ronchonna Océane, fière de son exploit.

Elles longèrent les murs des habitations avec la plus grande prudence. Océane constatait, au fil de leur incursion dans le village, leur maigre capacité de réussir un sauvetage en bonne et due forme.

— Si nous ne trouvons pas de l'aide, nous serons bien incapables de secourir nos amis. Il y a trop de korrigans, ici...

— Tu veux un gourdin ? se moquait encore Clémentine.

— Arrête avec ça ! Je n'aime pas la violence.

— Va dire ça au pauvre type que tu as fracassé.

Plus elles avançaient dans le village, plus les ruelles se désertifiaient. Elles arrivèrent devant une bâtisse complètement détruite, où elles purent se réfugier pour inspecter les environs au couvert des amoncellements de planches et de branches vermoulues.

— Ça doit faire un bon moment qu'ils vivent dans le pauvre Lamlin !

— C'est clair ! À voir toutes ces maisons, je dirais des années.

— C'est quoi ça, là-bas ?

— Quoi ?

— Regarde sous les racines, dans le noir, j'ai l'impression que c'est une clôture !

— On est à l'autre bout du village ! ?

— On y va ?

— Pourquoi faire ? Nos amis sont dans l'une de ces maisons.

— J'aimerais savoir comment on va partir d'ici avant de tenter un sauvetage. Si on se fait pourchasser, je préfère savoir dans quelle direction partir, plutôt que de nous jeter dans un nouveau piège.

— Si tu veux, mais j'aimerais faire vite. Le korrigan que tu as assommé ne restera pas tranquille très longtemps.

31

Labyrinthe.

Depuis leur cachette, elles purent échafauder un semblant de plan qui se jouerait sur deux fronts simultanément. L'une irait établir un circuit de repli pendant que l'autre fouillerait le village à la recherche de la prison qui retenait Marlin et, dorénavant, Quork.

Clémentine fut désignée pour baliser leur retraite, alors qu'Océane, soucieuse de l'état de son ami hybride s'élançait déjà au travers de la ruelle complètement déserte. Le chemin était fait de planches de bois jointes pour niveler les reliefs escarpés des parois de Lamlin. L'orpheline se déplaçait comme un ninja, passant d'un bord de mur à l'autre ou d'une racine à un tas de paille pour se dissimuler le plus possible.

Elles se jetèrent un dernier regard nerveux avant de n'être plus visibles l'une de l'autre, puis se quittèrent promptement pour remplir leur mission.

Océane arriva dans un coin du village faiblement fréquenté. Cela l'obligea à poursuivre son chemin en rampant sous les excroissances naturelles qui s'arrêtèrent quelques mètres plus loin sur une clôture en bois de récupération. La maison qu'elle avait prise pour cible était remplie de vie. L'apprentie ninja s'en rapprocha en restant le plus possible dans l'ombre. La porte d'entrée claqua et un korrigan large d'épaules en sortit brusquement. La jeune fille fit un bond sur le côté, roula dans une sorte de potager pour se dissimuler aux pieds de plantes aux feuillages rouge vif qui laissaient de drôles de fruits pendre lourdement.

Le korrigan referma brusquement la porte et s'en alla sur le chemin principal.

Toute tremblante, elle rampa jusqu'à la fenêtre pour pouvoir jeter un œil à l'intérieur. Une famille de korrigans était occupée devant des fourneaux. Une agréable odeur de viande grillée chatouilla le nez fin de l'enfant, lui rappelant que cela faisait un bon moment qu'elle n'avait pas mangé.

Le ventre gargouillant, elle s'effaça pour fouiller la bâtisse suivante.

Elle avait exploré la moitié du village, croisé une dizaine de korrigans, et toujours aucun signe de ses amis. Le doute l'envahissait. Des idées saugrenues emplissaient sa tête. Les odeurs de viandes… Ses amis avaient-ils servi de repas ?

Un frisson la parcourut lorsqu'une main se plaqua sur sa bouche. Océane se débattit comme un petit diable. L'étreinte se desserra et, avant qu'elle ne hurle, elle reconnut Clémentine qui lui faisait signe de se taire.

— Tu es malade ? rouspéta l'enfant à voix basse.

— Laisse tomber tes recherches, je sais où sont nos amis, Océane ! dit gravement son amie.

Sans plus d'explications, Clémentine agrippa la main de l'orpheline pour courir en sens inverse. Elles traversèrent des potagers remplis de fruits et de légumes, pour se retrouver non loin d'une place bondée de monde.

— Tu veux faire quoi ici ! chuchota Océane.

— Viens, suis-moi, c'est par ici ! insistait Clémentine, mystérieuse.

Elles rallièrent une maison de deux étages pour en longer le mur sur une dizaine de mètres. Là se trouvait un escalier étroit qui serpentait dans le noir.

— En revenant vers notre refuge, je suis tombée sur des gardes qui conduisaient Quork ici.

— Alors allons-y ! s'extasia l'adolescente.

— Attends, Océane ! Ils l'ont conduit en bas mais ne sont jamais remontés !

— On descend et on avise ! proposa son amie.

— Non, Océane, c'est suicidaire. Si tu voyais la taille des gardes, tu saurais que nous n'avons aucune chance !

—Je ne les laisse pas ici sans rien faire, Clém !

— Je ne dis pas ça ! Je dis juste que nous allons devoir faire autrement !

— Et c'est quoi ton idée ?

— Eh bien, j'ai aussi trouvé les fameux anticorps dont tu me parlais. Il y en a aussi dans les géants de bois, finalement !

— Et où sont-ils ? Comment ont-ils pu laisser des korrigans s'installer ici tranquillement ?

En guise de réponse, la jeune horticultrice se faufila à travers les escaliers et le chemin en bois qui couvrait la quasi-totalité du village en entraînant Océane dans son sillage.

— Viens ! souffla son amie en rampant sous les planches.

— Où allons-nous ?

— Il y a un passage sous le village. Ils ont construit une charpente qui leur sert de sol. Toutes leurs maisons et routes sont construites dessus. En passant par-là, nous ne risquons pas de les croiser.

— C'est juste hallucinant ! s'extasia Océane en suivant son amie sous les lattes mal jointes.

Elles rampèrent sur quelques mètres et trouvèrent un premier boyau assez haut pour leur permettre de se mettre debout.

— Je commençais à avoir mal aux coudes ! se plaignit l'orpheline.

— À partir d'ici, nous sommes tranquilles ! assura Clémentine. J'ai fait le chemin en sens inverse et je n'y ai rencontré personne.

— Et où veux-tu m'emmener ?

— Libérer les anticorps ! répondit-elle spontanément. Ils sont parqués dans une immense grotte, juste après la trémie de bois que nous avions vue ensemble. Des gardes surveillent l'entrée principale mais, si nous arrivons à les distraire, peut-être que nous pourrions les libérer. Et à leur tour, ils viendraient s'occuper des korrigans.

— Tu as réussi à leur parler ?

— Pas vraiment ! avoua Clémentine évasive. Mais je suis certaine qu'ils seront de notre côté !

— De toutes les façons, nous n'avons pas beaucoup d'autres choix ! capitula Océane.

Elles déambulèrent une bonne demi-heure dans l'artère, descendant dans les premiers temps vers les profondeurs lugubres et humides, puis remontant des pentes abruptes jusqu'à se retrouver devant un tunnel dont les parois étaient en mouvement permanent. Cela s'écartait d'un peu plus d'un mètre puis se heurtait violemment avant de s'éloigner à nouveau à un rythme régulier.

— Je pense que ce sont un peu comme des fibres musculaires ! identifia Clémentine. Chaque mouvement de Lamlin fait bouger des racines.

— Je vois... Et si nous restons coincées ?

— Ben, c'est mieux que cela n'arrive pas, Océane...

— Tu es passée par là ?

— En réalité, ce n'est pas si compliqué. Il faut juste que tu te cales avec le rythme des fermetures. Je te montre !

Clémentine se plaça devant les grosses racines en mouvement et se concentra sur les allées et venues pour se synchroniser avec les mouvements de Lamlin, comptant le temps d'ouverture sur plusieurs coups d'affilée avant d'oser se jeter au travers et rouler de l'autre côté.

— À ton tour ! l'invita-t-elle après avoir traversé.

— Tu aurais pu me dire ce que je devrais faire avant d'entrer ici ! rouspéta Océane en se plaçant devant le passage.

— N'aie pas peur, c'est facile.

— N'aie pas peur, n'aie pas peur... t'es drôle, toi. Je risque juste de me faire écrabouiller comme une mouche. Pourquoi que j'aurais peur...

Elle resta là devant, une bonne dizaine de minutes. Chaque fois, elle repoussait l'inévitable. Et plus le temps passait, moins elle se sentait capable de réussir cette épreuve.

— Pense à tous ceux qui comptent sur nous, Océane. Tu ne dois pas flancher, ici. Ou notre sort ne sera pas plus enviable...

L'orpheline synchronisa ses gestes avec les mouvements des racines. Se balançant d'avant en arrière jusqu'à être certaine d'être dans la même cadence.

— Go ! l'encouragea Clémentine à bout de nerfs.

Océane retint sa respiration et s'élança tête la première dans le passage à peine ouvert. Ses mains passèrent, son tronc en lévitation glissa aisément et, enfin, elle atterrit dans les bras de son amie qui l'accompagna dans sa chute en riant.

Après une minute de pause, elles reprirent leur excursion dans une partie plus escarpée. Tout d'abord, elles furent obligées de gravir des terrasses superposées de concrétions suintantes, avant de longer des ravins sans fond pour louvoyer entre des organes mobiles qui ralentissaient leur allure.

— Tu dis que tu es passée par-là tout à l'heure ?

— Pas exactement ! reconnut Clémentine. Normalement, nous aurions déjà dû arriver vers la sortie. J'ai dû me tromper à un moment.

— Cela signifie que nous sommes perdues ?

— Peut-être un peu ! grimaça l'agricultrice en levant les mains vers le ciel.

— Un peu… comment ? s'inquiéta Océane.

32

Tourne en boule.

Cela faisait une bonne heure que les jeunes humaines déambulaient dans un dédale de racines de toutes les tailles. Elles étaient bel et bien perdues. Le courage les quittait peu à peu et, finalement, elles s'écroulèrent, mortifiées, entre des tubercules poisseux qui empestaient le fumier.

— Je n'aurais jamais cru que je finirais comme ça… Mourir dans le corps d'un être fait de bois… Pince-moi que je me réveille !

— Je te demande pardon, Océane. J'ai cru bon de passer par-dessous pour éviter de nous faire prendre par les korrigans.

— Arrête, ce n'est pas de ta faute, c'est moi qui t'ai conduite sur Androlia au départ. Si je dois m'en prendre à quelqu'un c'est bien à moi.

— Et dire que nos amis ont besoin de nous ! se morfondit Clémentine.

— À quoi bon avoir ça ! râla Océane en sortant sa main lumineuse de son gant. Je ne suis pas plus éclairée !

— Ne sois pas si dure avec toi.

Au cœur des artères et des boyaux de bois, Océane finit par avouer combien elle était heureuse de l'avoir pour amie. Elle tendit ensuite sa main magique vers Clémentine lorsque, au faux jour, elles virent dans la pénombre une silhouette massive se détacher nettement du décor.

La chose, la créature, le monstre, ou quoi que ce puisse être, s'avançait vers elles d'un pas lent et lourd. Clémentine, qui regardait tard le soir avec sa mère des séries policières, fit tout de suite le rapprochement avec un méchant. À cette distance, impossible d'en dire plus. Mais il fallait fuir ou mourir. La jeune fille se leva prestement et tira Océane par son vêtement pour essayer de la faire réagir. Mais il était déjà trop tard. Devant elles se dressait une créature deux fois plus grande qu'elles. La chose bien qu'en partie masquée par la noirceur des lieux, n'avait rien de terrifiant. Océane leva sa main vers l'intrus et éclaira un visage doux et rond, qu'un sourire bienveillant finissait de rendre rassurant.

— Vous n'êtes pas des korrigans, vous ! releva la créature.

— Ce n'est pas vrai... Beaupoid ! ? s'aventura Océane.

— Comment connaissez-vous mon nom ?

— Nous sommes ici, un peu à cause de toi... ! déclara Clémentine qui n'en croyait pas ses yeux. Tu sais que ton père et les autres géants de bois te cherchent partout !

— À vrai dire, je n'ai pas eu le temps de m'en inquiéter.

— Comment t'es-tu retrouvé ici ?

— Pour faire court, la nuit dernière, j'ai vu des korrigans escalader mon père pendant son sommeil. J'ai voulu le prévenir, mais il ne se réveillait pas, alors je les ai suivis jusqu'ici pour savoir ce qu'ils manigançaient. Depuis, j'ai tout fait pour alerter mon père, mais je ne vois pas comment il pourrait m'aider, enfin, s'aider lui-même ? Les korrigans volent les bébés dans les couveuses pour les manger. Ils emprisonnent tous les finfillas. Lorsqu'il n'y en aura plus, mon père mourra.

— À quoi servent les finfillas ? demanda Océane.

— Ils jouent un peu le rôle d'anticorps, de défenses immunitaires, ils protègent son espèce des agressions internes ! révéla Clémentine.

— Avec tout ça, je vais finir par tourner en boule.

— Tourner en bourrique ! reprit la jeune agricultrice.

— Oui, bon, tu as compris !

— Tu sais comment sortir d'ici ?

— Où veux-tu en venir ? questionna Clémentine.

— Si nous arrivons à ressortir de son père, nous pourrons peut-être prévenir les Magicantes.

— Encore avec ça ! s'énerva Clémentine. Je te dis que le seul moyen c'est de faire sortir les finfillas de leur cachot.

— S'ils n'ont pas réussi à les repousser à la première invasion, je ne vois pas très bien comment ils pourraient faire mieux maintenant ! contra l'orpheline.

— Ton amie a raison, les korrigans s'étaient organisés pour les piéger. Je doute qu'en les libérant tous d'un coup, ils se fassent avoir une seconde fois.

— Bon, on essaie votre plan et on garde le mien pour plus tard, capitula l'orpheline.

Une nouvelle chance s'offrait à eux, et avoir Beaupoid avec elles leur redonnait véritablement confiance en l'avenir. Le fils de Lamlin passa le premier pour leur montrer le chemin. Ils progressaient rapidement malgré les dangers qui se dressaient sur leur route. Stalagmites, effondrement, cul-de-sac, chemin inondé, ce n'était là qu'une partie des éléments à franchir. La véritable épreuve était de passer les gardes korrigans pour ouvrir la porte aux finfillas. Facile à dire mais tellement compliqué, alors que leur périple était éprouvant. Le moindre faux pas sur la corniche qu'ils empruntaient et adieu la liberté. Alors qu'elles ne s'y attendaient plus, Beaupoid s'arrêta devant un mur de branches mortes qui obstruait l'entrée de la galerie.

— On y est ! affirma Clémentine en reconnaissant les lieux. Juste après ce tas de bois, nous remonterons vers les étages supérieurs. Quand je suis venue, l'endroit était pratiquement désert. On ne devrait pas avoir de problème pour traverser la place.

— La place ?

— Oui, une toute petite place où ils laissent sécher de drôles de fruits sur des fils. Si tu veux, je passe devant.

— Non, s'interposa Beaupoid. C'est à moi que revient cette tâche. Si je me fais prendre, ton plan B sera peut-être le bon.

— On vient à peine de te retrouver, Beaupoid, ne va pas te faire capturer maintenant, d'accord ! ?

Il lui sourit, repoussa le tas de branches et sortit lentement en se servant de son apparence pour se fondre dans le décor.

— Ta main, Océane !

L'orpheline regarda leur nouvel ami s'extraire des entrailles de Lamlin, puis enfila son gant pour masquer la merveilleuse lumière qui se dégageait de sa main.

33

Chasse à courre.

Par chance, les enfants et Beaupoid n'avaient rencontré aucun korrigan, comme s'ils s'étaient tous volatilisés. Le fils de Lamlin ouvrait la marche en s'assurant, à chaque intersection ou avant de se mettre à découvert, qu'il n'y avait pas de danger. Ils longèrent un immense tas de branches et de troncs, empruntèrent un pont suspendu au-dessus d'un vide de plusieurs mètres qui se terminait dans un noir insondable. Ils gravirent une série de marches larges pour se retrouver sur un plateau naturel qui surplombait une partie du village et embrassait sur leur gauche une forêt d'arbres morts jusqu'à une paroi abrupte d'où serpentaient des chemins construits de la main des korrigans.

— Où sont-ils tous passés ? s'étonna Clémentine un peu méfiante.

— Aucune idée. On a fait tout le tour et rien, nada, personne !

— Partis dormir ! ? Il se fait tard dehors.

— Je n'aime pas trop ça !

Depuis ce niveau, les enfants pouvaient voir la longue clôture qui reliait le sol et le sommet de la grotte d'un bout à l'autre.

— Baissez-vous ! chuchota Beaupoid en voyant une sentinelle longer les barrières solidement enchevêtrées.

— On fait comment pour passer ?

En guise de réponse, le jeune géant se transforma, sous les yeux éberlués des humaines, en une sorte de racine plus ou moins marquée qui lui permettait de se confondre avec les éléments qui l'entouraient.

— Pratique... Mais nous, on fait quoi ?

— Vous parliez de faire diversion. Vous attirez leur attention pendant que j'ouvre les cellules.

— Inutile de demander pourquoi nous ! rétorqua Clémentine en prenant une pause désappointée.

Océane retira son gant et agita sa main en hurlant, hou, hou ! Son amie se jeta au sol avant de réaliser qu'elle devrait courir pour ne pas se faire prendre.

— Ok... Ça, c'est fait, râla l'enfant en cherchant déjà par où détaler.

Les gardes qui inspectaient les clôtures se raidirent avant de souffler dans un cornet accroché à leur ceinture. En un éclair, des dizaines de korrigans, les uns plus affreux que les autres, apparurent de tous les côtés. La jeune orpheline agrippa la main de Clémentine et courut vers les racines qui s'entortillaient autour de stalactites en cristal.

— Le mieux c'est encore de remonter, je crois !

— Ah bon, tu penses ! ? s'énerva Clémentine en regardant par-dessus son épaule. Ils se sont tous lancés à nos trousses.

— C'est ce que nous voulions, non ! ?

— Oui, je suppose, mais tu aurais pu me prévenir !

— Tu aurais encore trouvé à redire !

Clémentine avait lâché la main d'Océane pour courir plus vite. Les dizaines de korrigans qui cherchaient à les rattraper n'avaient rien d'amical. De premières pierres jaillirent de leurs mains griffues pour tomber de-ci de-là aux pieds des humaines.

— Ils ne plaisantent pas ! s'affola l'orpheline en voyant une lance se planter à quelques centimètres de sa main qui prenait appui pour escalader une concrétion de plus.

— Pas sûr qu'ils veuillent faire de nouveaux prisonniers ! présagea Clémentine en glissant maladroitement sur une racine vermoulue.

Elle s'affala de tout son long et regarda, hébétée, Océane prendre la tangente, les jambes à son cou.

— Il va falloir grimper par-là ! commença l'orpheline avant de s'apercevoir qu'elle était toute seule.

Elle se retourna et vit son amie sur le point d'être rattrapée.

— Va-t'en ! hurla celle-ci en constatant qu'Océane faisait demi-tour pour l'aider.

Les korrigans gagnaient du terrain et, dans une minute, il serait trop tard pour la pauvre malheureuse qui faisait de son mieux pour se remettre sur pied.

Les korrigans ne plaisantaient effectivement pas puisqu'une pique parvint à s'enfoncer dans la cuisse de Clémentine qui hurla de douleur en s'affalant la tête la première sur un sol humide et glissant. Son crâne percuta le bois dur avec tant de violence qu'elle perdit connaissance.

Pour Océane c'en était trop, elle leva sa main lumineuse devant elle et hurla, nooooon jusqu'à plus d'air. Les korrigans encerclèrent Clémentine, l'un leva une lance, pointe effilée en direction de la jeune fille inconsciente, probablement pour en finir. C'est alors qu'une lumière aussi puissante qu'un soleil envahit Lamlin, perçant de mille feux les moindres interstices qui couvraient le corps du géant. Lamlin irradiait comme des centaines de guirlandes de Noël. Toute la plaine fut arrosée de cette étrange clarté. Le géant s'immobilisa, attendant que ses amis le rejoignent.

— Comment fais-tu cela ? demanda l'un d'eux sans savoir qu'à l'intérieur de leurs corps se trouvaient des korrigans indélicats.

Lorsque la lumière faiblit, Océane et son amie momentanément aveuglée, étaient hors d'atteinte des korrigans. La jeune horticultrice pleurait en clopinant. Elle réalisait à peine qu'Océane l'avait tirée des griffes des affreux korrigans après lui avoir arraché la lance fichée dans sa cuisse. La douleur à cet instant était telle, qu'elle s'était éveillée dans un océan de lumière. Complètement déboussolée, Clémentine suivit, sans dire un mot, Océane qui la tirait dans son sillage pour finir par rejoindre une zone salutaire.

— Ne me demande pas comment j'ai fait !

— Tu es un être de lumière, inutile que tu m'expliques ! répondit Clémentine en affichant une vilaine grimace… Par contre, j'ai horriblement mal ! poursuivit-elle en se tenant la cuisse d'une main tremblante.

— J'espère juste que tout ça a servi à quelque chose ! ronchonna Océane en regardant par-dessus le rebord, pour jauger l'avancée des korrigans.

— Alors ?

— Ils arrivent, Clémentine. Je suis trop fatiguée pour continuer.

— Et moi donc... Nous sommes foutues tu crois ?

Océane lui lança un regard désolé.

Encore un virage et les gardes seraient sur elles.

— Tu ne peux pas refaire ton truc ?

— Je ne sais pas comment j'ai fait la première fois, alors le refaire...

Elles se tinrent l'une contre l'autre, regardant l'inévitable sur le point de les submerger.

34

Les finfillas.

Les korrigans se bousculaient, ruminaient, hurlaient, aboyaient dans leur langue, se conduisant comme de véritables sauvages. Les armes tendues au-dessus de leur tête, tous couraient à s'en décrocher les jambes pour être les premiers à mettre la main sur les témoins de leurs activités. En voyant les humaines piégées, ils jubilèrent à l'idée de porter le coup de grâce, imaginant déjà quel goût auraient ces créatures du monde ordinaire.

Les jeunes filles avaient reculé autant que possible jusqu'à se retrouver plaquées contre une paroi gélatineuse et gluante. Elles inspectèrent, terrifiées, l'obstacle qui remontait se perdre dans l'épais plafond de branches, pareil à des centaines de stalactites millénaires. Les milliers de doigts géants se balançaient légèrement et se frôlaient ou se heurtaient dans un bruit creux. Sous les yeux hagards d'Océane, l'une des tiges se décrocha et vint se planter à un misérable mètre des pieds des jeunes filles qui se recroquevillèrent spontanément. Puis une autre tangua lourdement avant de fendre l'air et rejoindre à son tour la première. Avant que leurs poursuivants ne comblent la distance restante, une pluie de ces drôles de harpons s'abattit sans qu'on le leur demande, formant un mur de racines, solidement enfoncées dans le sol, qui fit enrager les korrigans qui s'entassaient devant les barreaux.

— C'est toi qui as fait ça ?

— Je n'en sais trop rien à vrai dire. Je regardais ces drôles de racines et elles se sont mises à tomber.

— Ben ne t'arrête surtout pas ! l'encouragea Clémentine qui voyait leurs poursuivants tenter de casser ou d'arracher les barreaux de huit centimètres de diamètre.

— Nous sommes prises au piège, Clém ! signala la pauvre orpheline.

Soudain, il y eut un vacarme lointain qui s'associait aux grognements des korrigans. Petit à petit le son montait en puissance, devenant si assourdissant qu'elles plaquèrent leurs mains sur leurs oreilles. Les korrigans semblèrent affolés, oubliant qu'ils étaient venus jusque-là pour elles.

De petites créatures similaires à celles qu'elles avaient vues dans les couloirs à couveuse, affluaient en masse en montrant de vilaines dents pointues. Les korrigans se mirent à courir dans tous les sens en hurlant.

La plupart essayaient d'escalader les parois sans y parvenir, pendant que d'autres se jetaient dans le vide en abandonnant leurs armes. Les petites bêtes étaient si nombreuses qu'en un rien de temps les korrigans avaient disparu sous leur masse ou se faisaient pourchasser dans les entrailles de Lamlin.

— Amis ou ennemis ? se demanda Clémentine.

Les finfillas étaient d'une vivacité sans égale et, lorsque le dernier korrigan ne fut plus en vue, les petites créatures commencèrent à s'intéresser aux deux humaines immobiles et silencieuses. Elles sautillèrent sans agressivité vers la barrière de racines avant de laisser entrevoir leurs petites quenottes pointues et acérées fort utiles pour ronger en moins de temps qu'il ne faut pour le dire les quelques bouts de bois qui emprisonnaient Océane et Clémentine.

— Ils veulent nous délivrer ?

— Aucune idée, mais ils me font peur. On dirait des piranhas sur pattes.

— Ouais, avec l'allure de petits lapins adorables.

— Ceux-là n'ont rien d'adorable !

Une première bestiole parvint à se faufiler entre les barreaux et se mit à claquer furieusement sa mâchoire en signe d'hostilité.

Océane tenta de la repousser de sa main gantée, mais ne réussit qu'à se faire mordre et perdre le gant que lui avait offert Marlin.

— Ennemi ! clarifia l'enfant en examinant sa main magique qui n'avait aucune blessure apparente.

D'autres bêtes réussirent à dévorer les barreaux, se montrant tout aussi agressifs devant les humaines qui hurlèrent en chœur. La main magique d'Océane se mit à briller, briller, briller encore et encore, obligeant Clémentine à fermer les yeux et placer son bras devant son visage pour ne pas être aveuglée définitivement. Elles entendirent couiner, puis Océane sentit qu'on l'agrippait par le bras.

Elle poussa un cri perçant qui fit sursauter son amie pétrifiée de peur et d'angoisse.

— Cache ta main, Océane, dit gentiment une voix familière.

La pauvre orpheline s'exécuta sans conviction et trouva devant elle Quork, Marlin et Beaupoid qui leur souriaient.

— Faut pas traîner ici ! avertit Beaupoid, les finfillas sont très en colère. Ils vont attaquer tous ceux qui n'ont rien à faire ici !

Marlin avait pris la main d'Océane pour l'attirer à lui.

— Merci Océane, vous êtes de vraies amies toutes les deux. Quork et Beaupoid m'ont dit tout ce que vous avez fait pour nous aider.

Océane rougit en croisant le regard envoûtant du jeune elfe.

— Les tourtereaux, je crois qu'il faut vraiment partir ! intervint Quork en montrant du doigt les finfillas enragés qui ressortaient de leurs cachettes. Ta lumière céleste les a fait fuir mais n'oubliez pas que les finfillas sont les défenses immunitaires des géants de bois, ils s'immunisent rapidement. Et je crains que tes facultés n'aient plus aucun effet sur eux, maintenant.

L'une des créatures, suspendue à une racine, se laissa tomber sur le jeune elfe qui s'en débarrassa d'un revers de bras habile. Le top départ venait d'être donné. Marlin prit la tête du groupe pour montrer la voie à suivre sur le plateau escarpé qui se remplissait à vue d'œil de finfillas passablement irrités. Ils passèrent juste à côté d'un reste de korrigan grignoté jusqu'à l'os, pour s'engager dans un étroit boyau faiblement éclairé.

— Les korrigans les ont mis très en colère. D'ordinaire, ils se laissaient approcher. On pouvait même les cajoler. Mais je crois que la ruse des korrigans et leur emprisonnement laisseront à jamais des séquelles ! expliqua l'elfe en se plaquant contre la paroi pour inciter les humaines à lui passer devant. Prenez à droite et ensuite c'est toujours tout droit !

Clémentine, la tête enfoncée dans les épaules, se révélait être une excellente sprinteuse. Elle suivit les recommandations de Marlin et finit par se retrouver devant un cas d'école. Elle était au bord d'un vide sans fond et, rien, à première vue, ne lui permettait de rallier l'autre chemin sans se jeter dans le vide. Océane arriva tout essoufflée, puis Quork et Beaupoid se pointèrent à leur tour dans ce cul-de-sac mortel en regardant nerveusement par-dessus leur épaule.

35

Des aptitudes particulières.

Les finfillas arrivaient très vite, même si Marlin les avait conduits dans un traquenard avant de revenir sur ses pas pour rejoindre les humaines. Ce stratagème ne leur fit gagner, tout au plus, que quelques secondes. De précieuses secondes qui volaient en éclats devant le gouffre gigantesque qui leur barrait la route.

Les enfants avaient envisagé tout un tas de possibilités dans ce laps de temps ridicule. Se tenir la main pour rallier le fond du gouffre. Se cramponner au rebord pour escalader la paroi et rejoindre l'autre extrémité à la seule force de leur bras grâce au fin sillon qui saignait horizontalement la cavité. Ils envisagèrent aussi de grimper vers le sommet de Lamlin en empruntant le chemin de racines qui se perdait dans la pénombre.

— Si au moins nous avions une corde, nous aurions pu l'accrocher là-bas ! s'insurgea Clémentine en voyant arriver sur eux Marlin totalement affolé de les voir plancher sur un problème si compliqué.

Quork tapota l'épaule de la jeune orpheline puis se positionna de manière à bloquer l'accès aux virulents finfillas qui se présentaient déjà dans le passage étroit.

— Choisissez une idée et fiez-vous à elle. Le temps n'est plus aux réflexions !

— Quork a raison ! insista Marlin. Accrochez-vous à la faille et contournez le trou !

— Le trou ! répéta Clémentine épouvantée. C'est un gouffre d'au moins vingt mètres de haut. De là, je suis à peu près certaine qu'on tombe directement dans les pieds de Lamlin !

— Peu importe, allez-y ! aboya Quork en parant une première attaque de finfillas hargneux. Arfff, la sale bête, elle m'a mordu !

Les filles s'étaient exécutées, leurs doigts crispés dans les fentes pour se soulever du sol et commencer leur ascension vertigineuse.

— Je ne sais pas si le pire c'est de voir le fond ou au contraire de ne pas savoir où on risque de tomber ! gémit Océane.

Marlin se joignit à Quork et Beaupoid pour retenir suffisamment longtemps les protecteurs de Lamlin qui se moquaient éperdument que Beaupoid eût vu le jour dans les entrailles du géant de bois. L'étroitesse des lieux leur conférait un sérieux avantage. Pouvant aisément bloquer l'accès aux petites créatures revêches qui tentaient de mordre les mains des enfants.

Soudain, sous leurs pieds, tout se mit à trembler. Les filles hurlèrent de peur et d'angoisse, rien qu'à l'idée de lâcher prise et de tomber dans ce puits sans fond.

— C'est quoi encore ? grommela Marlin.

— C'est toi, Océane ?

— Noooon ! rétorqua la jeune fille en poursuivant ses efforts pour grimper.

Clémentine était tétanisée. Ses doigts lui faisaient mal. Ses jambes tremblaient sous son poids. Sa blessure à la cuisse provisoirement cicatrisée par la magie d'Océane, laissait à nouveau passer du sang et la faisait horriblement souffrir.

Les secousses reprirent de plus belle et, cette fois, eurent raison des forces de la jeune horticultrice qui partit à la renverse. Océane lui tendit la main et perdit l'équilibre avant de tomber à son tour sans lâcher son amie. De sa main magique, elle chercha à ralentir leur chute. Ses doigts luminescents palpèrent le vide jusqu'à ce qu'ils puissent par miracle se refermer sur une sorte de grosse racine qui sourdait sur quelques centimètres.

Sous leur poids sa main s'allongea, s'étira, sur quelques centimètres, puis sur plusieurs mètres sans se rompre. Devenant aussi fine d'une corde aussi lumineuse qu'un néon, s'étirant encore et encore tandis qu'elles sombraient dans la noirceur des lieux. Marlin hurla le prénom d'Océane. Cela ne la ramènerait pas, mais cela avait au moins le mérite de libérer cette trop forte pression, cette angoisse de perdre ses amies humaines… Océane…

Les filles chutèrent une longue minute, éclairées faiblement par le long filin qu'étaient la main et l'avant-bras de l'orpheline qui n'en finissaient plus de s'étirer à mesure qu'elles descendaient. Leurs cris parvinrent une dernière fois aux oreilles des garçons puis le silence ne fut interrompu que par les vagissements aigus des finfillas.

Beaupoid se retourna brusquement et partit d'un seul coup vers le gouffre en emportant avec lui Quork, surpris, et Marlin qui finissait de se défaire de son agresseur aux dents pointues. Quork poussa comme une sorte de brame, pendant que Marlin l'accompagnait d'un cri proche du barrissement.

Les bras et les jambes de Beaupoid s'allongèrent pour parvenir à s'enfoncer dans les petits trous qui constellaient la falaise. Les finfillas, au bord du gouffre, étaient devenus totalement hystériques. Les intrus qui les avaient pourtant délivrés, n'étaient qu'à quelques pas d'eux, à quelques mètres de leurs petites dents avides de mordre cruellement et de faire payer chèrement, ceux qui avaient osé s'aventurer dans leur monde.

— Et maintenant, on fait quoi ? demanda Marlin accroché à l'épaule distendue de Beaupoid.

— On descend pour retrouver les filles ! ordonna Quork.

— Il a raison, on doit retrouver les filles. Je suis sûr qu'elles n'ont rien.

— Tu l'espères, corrigea Beaupoid en descendant la falaise avec une aisance remarquable, malgré le poids de Marlin et de Quork accrochés à ses épaules.

Après quelques petites frayeurs, des injures, des moqueries et des rires, les trois garçons avaient fini par toucher le fond.

Une douce lumière à peine visible leur permit de retrouver les jeunes humaines transies de peur.

— Vous n'avez rien ? questionna Marlin, affolé.

— Océane est pleine de ressources ! affirma Clémentine. Sans elle, je serais morte dix fois.

— Ou tu serais tranquillement en train de regarder la télé chez toi avec une tartine couverte de chocolat ! maugréa l'intéressée.

Marlin lui tendit une main prévenante. Les doigts d'Océane s'y agrippèrent fébrilement. Il l'attira à lui avec douceur, sentant qu'elle était à fleur de peau, sur le point de s'effondrer. Comment ne pas être traumatisée après une telle chute ? Sans sa main magique, les deux adolescentes auraient exhalé leur dernier souffle. Océane vint se caler contre son torse pour pleurer en silence. Ses larmes invisibles dans ce lieu si peu éclairé provoquèrent de la colère chez le jeune elfe qui n'avait pas été capable de la protéger.

— J'ai eu si peur ! expliqua-t-elle à son oreille.

— Pardon, Océane. J'aurais dû être plus prudent.

— L'essentiel, c'est que nous sommes tous vivants ! se félicita Quork. Mais nous devrions sortir d'ici au plus vite. Les finfillas vont probablement tenter de nous débusquer. Ils se sont faits gentiment avoir par les korrigans, je doute qu'ils recommencent.

— Mais comment ont-ils fait pour tous les emprisonner ? demanda Clémentine. Ces créatures sont redoutables.

— Ils l'ont fait petit à petit. Les finfillas n'étaient pas habitués à ce genre d'intrusion. Ils ne se sont pas méfiés. Moi-même, j'ai déjà eu l'occasion d'attraper ces petites bêtes, et elles ne m'ont jamais fait de mal auparavant. Mais maintenant, c'est une autre histoire. Durant leur captivité, les finfillas ont largement eu le temps de ruminer et d'apprendre de leurs erreurs. Ce qui fait que lorsqu'on les a libérés, les finfillas ont voulu régler le problème immédiatement. En plus, je crois que les korrigans se nourrissaient avec.

— Ils sont répugnants ! s'indigna Clémentine.

— Tu sais, ce n'est pas très différent de ce qui se passe à l'intérieur de nous ! exposa Océane. Toutes ces histoires de virus, de bactéries, de nos défenses immunitaires et tout le tralala...

— Ahhhh arrête... protesta Clémentine. Je ne veux même pas y penser !

— C'est la nature dans toute sa splendeur ! ajouta Océane qui réalisait petit à petit qu'elle possédait d'incroyables facultés.

— Je suis impressionné que tu ne souffres pas d'avantage de ce qui vient de se passer ! s'étonna Quork, plein de curiosité.

— Nous avons eu très peur, mais tout s'est passé si vite... et puis nous étions dans le noir, une chance car nous n'avions aucune idée de la distance qui nous séparait du fond !

— Et puis, surtout, dans ce monde tout paraît si irréel... On a peur, mais en même temps, c'est comme si l'on suivait un film à la télé, on ne réalise pas le danger qui nous tourne autour ! dit pensivement Clémentine.

— Ou bien Androlia vous donne des ailes ! supposa Quork.

— Des ailes, je n'sais pas, mais une main extraordinaire, ça c'est sûr ! déclara Océane.

— Tu veux bien la replacer sur ma blessure ? demanda Clémentine.

36

Dans la lumière.

Les enfants couraient droit devant eux depuis dix bonnes minutes quand ils entendirent un bourdonnement malsain se rapprocher de leur position.

— Là ! s'extasia Marlin, ces marches nous conduiront vers la sortie.

— Tu veux dire qu'il faut tout remonter ?

— Je ne connais qu'un seul passage ! avoua Marlin en regardant Beaupoid du coin de l'œil.

— Ne me regarde pas comme ça, j'étais bébé lorsque je suis sorti d'ici. Ce sont les korrigans qui m'ont piégé à l'intérieur de mon père. Ils savaient que ce serait le seul endroit où il ne pourrait jamais me chercher.

— Ce n'est pas faux !

— Si je connaissais une sortie, je l'aurais déjà empruntée il y a longtemps. Au lieu de ça, je me suis perdu dans les entrailles.

— Les gars, si vous n'y voyez pas d'inconvénient, je vous propose de reprendre cette conversation à l'extérieur ! lança Quork en montrant les milliers de finfillas qui les prenaient en chasse.

Le groupe courait sans se retourner, grimpant trois par trois les marches naturelles, longeant des précipices vertigineux, rampant dans des tunnels plus larges que hauts, escaladant une falaise de cinq mètres pour se retrouver sur un premier plateau couvert de racines verticales comme une bambouseraie.

— C'est bon signe ! déclara Marlin. On arrive dans les poumons. Si on remonte par là, on devrait pouvoir retrouver la sortie.

— Tu en sais des choses ! souffla Océane en haletant et en se tenant toute voûtée pour se reposer.

— Il ne faut pas s'arrêter ! s'écria Quork en voyant les petites bêtes qui rattrapaient leur retard.

— Si je ne reprends pas ma respiration, c'est mon cœur qui va s'arrêter ! contra Clémentine en tenant sa cuisse douloureuse.

Marlin fit comme s'il n'avait rien entendu, proposant à Océane tout aussi épuisée de prendre la tête du groupe. Il l'aida à s'arrimer aux petites racines qui tombaient en grappe pour qu'elle commence à remonter jusqu'au plateau suivant.

— Ne regardez pas en arrière ! avait dit Beaupoid qui craignait aussi le vide malgré son aisance pour l'escalade.

Ne jamais dire à quelqu'un de ne pas faire quelque chose que l'on veut qu'il ne fasse pas. Une force irrépressible poussa la jeune horticultrice à jeter un œil sous ses pieds.

Outre le fait que les finfillas s'entassaient sous eux, le vide était omniprésent et envoûtant. Les petites créatures avaient trouvé le moyen de les poursuivre en courant le long d'une paroi escarpée qui tournait autour des forêts de franges frémissantes à chaque inspiration de Lamlin.

— Je crois que c'était une mauvaise idée ! signala Océane en voyant les finfillas sur le point d'envahir le plateau qu'ils essayaient de rejoindre.

— N'y pense même pas ! affirma Clémentine prise de malaise. Qu'on monte ou qu'on descende, ils nous attendent.

Marlin usa de ses exceptionnelles capacités physiques pour dépasser les jeunes filles qui avaient ralenti l'allure, et rejoignit en peu de temps l'immense terrasse faite de racines emberlificotées sur elles-mêmes. Il s'assura que les rhizomes qui remontaient s'arrimer dans les cavités supérieures étaient suffisamment solides avant de s'intéresser aux finfillas. La plateforme, se balançant mollement au gré des déplacements de Lamlin, était aussi vaste qu'un terrain de basket. Dans le roulis permanent, le jeune elfe découvrit avec effroi que pour quitter cette nouvelle place, ils seraient contraints d'emprunter le seul et unique pont de lianes suspendu devant lui. Petit problème, les finfillas arrivaient depuis l'autre extrémité et envahissaient déjà l'étroit passage en poussant d'horribles cris rageurs. Marlin s'empressa de fouiller dans sa poche pour en sortir un petit bout de bois qui s'anima dans sa paume. La fragile brindille se transforma en un redoutable bâton d'un mètre cinquante. Satisfait, il le fit tourner rapidement entre ses doigts puis fit face aux gardiens de Lamlin qui cherchaient déjà à le mordre. Il ne voulait pas leur faire de mal, mais la situation le dépassait et, il n'eut d'autre choix que de les pousser dans le vide s'ils ne voulaient pas reculer. Les coups de bâton pleuvaient et, lentement, il arriva à les retenir et inverser la situation en les faisant reculer.

— Ne leur fais pas de mal ! hurla Océane en arrivant à son tour sur le plateau. Ils ne font que défendre leur monde.

— J'aimerais bien t'y voir ! ronchonna Marlin qui en avait vu un bon paquet tomber dans le vide. Ce sont eux ou nous !

— Dans ce cas, ça devrait être nous ! s'obstina-t-elle en cherchant à l'empêcher de cogner les petites bêtes pleines de poils qui jouaient de leur mâchoire pour montrer leur mécontentement.

La gêne fut suffisante pour redonner l'avantage aux finfillas qui les obligèrent à reculer jusqu'à leurs amis qui finissaient de se hisser sur le promontoire vacillant.

— Je ne te comprends pas, Océane ! fulmina Marlin en jouant de son bâton pour freiner l'ardeur des protecteurs.

— Je ne veux pas qu'on leur fasse de mal, tu peux le comprendre, ça ! protesta-t-elle.

Clémentine fut hissée par Beaupoid qui lui témoignait beaucoup de sympathie.

— Ça se termine comme ça ? demanda la pauvre adolescente qui n'arrivait plus à respirer tellement l'effort avait été intense.

Il en venait de tous les côtés, fermant définitivement l'accès à la passerelle fragile croulant sous les finfillas décidés à mettre la dent sur le petit groupe d'aventuriers.

Océane profita que les petites créatures aient cessé temporairement leur agressivité pour se placer devant le groupe.

— Peut-être qu'ils s'arrêteront avec moi.

Marlin allait protester lorsqu'il entendit avec ses amis une petite voix hurler son nom.

Un gonote se tenait fièrement à la verticale sur la paroi qui se dressait dans leur dos.

L'atteindre serait un exploit même pour le jeune elfe athlétique. C'est alors qu'il vit sortir, par la porte de la coquille, Ebréelle qui affichait toujours le même visage sans âge et inexpressif.

— Par ici ! lança le grand sage qui ne paraissait pas douter des capacités de ses jeunes protégés.

Quork réagit au quart de tour. Attrapant Océane par les hanches, pour la lancer de toutes ses forces en direction de l'escargot beaucoup trop loin. L'hybride était devenu fort en grandissant, malgré tout, en voyant la courbe que prenait Océane, il devenait évident que l'orpheline n'atteindrait jamais l'autre versant, ni la main tendue du grand sage. Que lui était-il passé par la tête ? Avait-il surestimé ses capacités ? Océane ne se préoccupa nullement des trente mètres de vide qui l'appelaient silencieusement. Sous les yeux horrifiés de Clémentine, elle tendit sa main magique en direction de l'escargot comme un acte désespéré. Avant qu'Océane ne disparaisse dans un coin sombre, il y eut un fin filet de lumière qui s'étira de sa main magique jusqu'au gonote. Des doigts se formèrent à l'extrémité pour s'accrocher au rebord de porte laissée entrouverte par Ebréelle. Suspendue, Océane agit sur la lumière pour remonter vers l'escargot littéralement collé à la paroi. Le gastéropode la regardait avec ses deux antennes globuleuses qui s'agitaient paresseusement de droite à gauche. En quelques secondes, elle arriva saine et sauve aux côtés du grand sage qui lui tapota l'épaule pour la féliciter.

— Il ne te reste plus qu'à en faire autant avec tes amis ! l'encouragea Ebréelle.

Océane fit la moue, sonda le magicien en réalisant qu'il était préférable de tenter quelque chose, plutôt que t'attendre que le reste du groupe se fasse dévorer par les protecteurs de Lamlin.

Étrangement, il sembla que Quork soit du même avis que le grand sage, qu'il ait été capable de lire sur ses lèvres ou de capter leur conversation, car, avant que la jeune horticultrice ne réalise ce qui lui arrivait, l'hybride l'avait saisie par la taille pour la jeter dans le vide. Océane ouvrit de grands yeux remplis d'horreur et de doute. Son amie arrivait vers Océane en battant des bras et en criant son nom.

L'orpheline fit naître de son membre un beau ruban lumineux qui s'étira jusqu'à se saisir de la main tendue de Clémentine.

Le vide qui l'avalait goulûment devint moins terrifiant maintenant qu'elle se balançait au bout de cette divine corde réconfortante. Les pieds en avant, elle percuta rudement la paroi sous le gonote, en se cognant la tête et l'épaule. L'avant-bras de l'orpheline se réduisait à vue d'œil, lentement Clémentine remontait, les yeux fermés pour ne pas voir l'appel du vide qui faisait ressurgir ses peurs primaires.

Le temps pressait et les garçons n'arrivaient plus à contenir la masse grouillante de finfillas qui voyaient leurs proies leur glisser une nouvelle fois entre les doigts.

Beaupoid et Quork n'étaient pas armés, mais ils s'avéraient redoutables lorsqu'il fallait cogner dans le tas. Munis de bras et de mains en bois, les coups portés ne leur créaient aucune douleur. Dans le tumulte de cette bagarre acharnée, il fut décidé qu'au moment d'une accalmie, ce serait Beaupoid le suivant. Ils mirent les bouchées doubles et créèrent une percée suffisante pour permettre au fils de Lamlin de prendre de l'élan. Beaupoid se débarrassa d'un finfilla qui s'était agrippé à lui, tandis que la jeune orpheline finissait de remonter Clémentine. L'embonpoint du jeune géant serait une difficulté supplémentaire. Marlin et Quork se firent face, attendant que Beaupoid bondisse sur leurs mains tendues pour être propulsé dans les airs. L'être de bois courut aussi vite que sa constitution le lui permettait. Il prit appui sur ses amis et s'élança dans le vide en brandissant ses bras qui s'allongèrent pour former de longues branches vers le gonote impassible. Océane expédia sa main magique à la vitesse d'une comète pour agripper les doigts filiformes du jeune géant. Comme l'avaient présagé Ebréelle et Clémentine qui s'étaient arrimés fermement au hamac, le poids de leur nouvel ami fit basculer Océane. Clémentine s'accrocha de toutes ses forces aux genoux de son amie tandis que le grand sage, dans sa taille d'adulte, la saisissait d'une main par la taille, tout en s'arrimant de l'autre aux cordes tendues dans la coquille. Ebréelle, qui s'était toujours montré imperturbable, finit par laisser entrevoir une vilaine grimace sous l'effort soutenu. Clémentine avait bloqué sa respiration pour parvenir à garder son emprise sur les jambes d'Océane qui lui glissaient entre les mains. La tâche fut si ardue qu'ils perdirent un instant de vue le combat de Marlin et Quork. Ils tirèrent de toutes leurs forces, alors que Beaupoid se hissait en jouant sur ses membres filandreux. Le jeune géant, tout essoufflé, fut rapidement sain et sauf dans la maison du gonote.

Océane, à bout de forces, releva les yeux pour chercher dans la masse de finfillas ses amis, Quork et Marlin, qui avaient totalement disparu.

37

Piège sur piège.

Le sauvetage de Beaupoid avait été une véritable épreuve qui avait sapé les forces des jeunes filles. À cet instant, l'une comme l'autre préférèrent oublier les épreuves endurées. Leurs courses-poursuites dans le labyrinthe du géant, les escalades successives, leur rencontre avec les korrigans qui avaient essayé d'exterminer les géants de bois par de mauvaises actions. Profondément affaiblies, elles ne parvinrent même pas à verser une larme en constatant qu'elles ne verraient plus jamais Quork et Marlin qui avaient donné leur vie pour sauver la leur.

Ebréelle regagna le cou du gastéropode pour le diriger vers la sortie tandis que les finfillas, nerveux, se massaient au bord du précipice pour chercher le moyen de capturer le gonote qui prenait rapidement ses distances. Depuis la paroi que gravissait l'escargot avec son large pied collant, des centaines de petites têtes armées de dents acérées sortaient par des trous jusque-là dissimulés.

— Nous ne sommes pas encore tirés d'affaire ! conclut le grand sage en faisant accélérer l'escargot géant.

Des dents se refermèrent sur sa cheville. Il poussa un cri si effroyable sous la douleur que cela pétrifia les humaines qui se voyaient déjà digérées par les défenses de Lamlin.

À l'aide de son bâton, Ebréelle réussit à se défaire du suceur de sang en le cognant plusieurs fois sur la tête. Il lâcha ensuite la bride et laissa le gonote prendre de la vitesse pour sortir au plus vite du piège qui se refermait sur eux. Les finfillas sortaient de tous les côtés. L'un d'eux réussi même à se faufiler dans la coquille pour chercher à mordre Océane qui, fort heureusement, possédait une main à l'épreuve de leurs dents. La créature couina au contact de l'étrange matière qui constituait la main de la jeune fille. Aussi vive qu'un cobra, la créature s'évapora par la fenêtre en éternuant.

L'escargot filait à une vitesse ahurissante, zigzagant entre les obstacles qu'il ne pouvait pas franchir. L'ouverture était là, à un clignement d'œil, sur le point de se refermer. Le gonote franchit le goulet in extremis avant d'être stoppé net dans son élan. Une partie de sa queue se retrouva coincée entre les deux parois. Tous ses passagers furent projetés en avant, et Beaupoid traversa la solide coquille pour se retrouver écrasé sur Ebréelle qui s'était lui-même aplati contre le corps mou de l'escargot.

Le gonote tourna ses antennes en direction de sa queue comme pour essayer de comprendre ce qui l'empêchait d'avancer.

Ebréelle usa de ses capacités magiques pour augmenter le son de sa voix et hurler dans les oreilles de Lamlin. L'entrée de son corps, situé à la base de sa nuque, s'ouvrit lentement. La queue du gastéropode fut libérée et le pauvre escargot rampa tristement vers un endroit plus salutaire pour se remettre de ses efforts. Un finfilla s'était accroché à lui, mais au contact de l'air extérieur, la petite créature partit en fumée.

Les jeunes filles rampèrent vers l'extérieur de la coquille, se laissant choir sur l'épaule du géant qui venait de s'arrêter de marcher.

— Lamlin, les enfants ont retrouvé ton fils ! commença le grand sage d'une voix terne et mélancolique.

Puis il poursuivit, après que tous les géants se soient regroupés autour de leur hôte. De temps à autre, Clémentine et Beaupoid intervenaient pour expliquer ce qu'ils avaient vécu et pour leur apprendre la triste nouvelle sur Marlin et Quork. Les géants se sentirent impuissants en apprenant qu'ils étaient probablement infestés de korrigans.

Océane s'était mise à l'écart, écoutant d'une oreille distraite les grosses voix des géants de bois qui demandaient comment faire pour se débarrasser des misérables korrigans.

Lamlin prit le temps de cajoler son garçon, puis, le cœur léger, il permit aux humaines et à Ebréelle de toucher terre.

Un autre gonote les attendait, tout frais et prêt à partir. Mais il y avait aussi une centaine de Magicantes qui dans leur forme elfique, attendaient sagement d'intervenir.

Océane, à l'inverse de son amie, ne s'en inquiétait plus. Elle était totalement anéantie par la disparition de Marlin. Les yeux noyés de larmes, elle se laissa aller dans les bras de Clémentine qui pleurait aussi.

— On ne pouvait rien faire d'autre ! expliqua la jeune horticultrice. Mais je crains que ce ne soit maintenant le dernier de nos soucis, chuchota-t-elle en regardant venir les Elfes au visage dur.

— Vous vous êtes bien débrouillées pour nous fausser compagnie ! déclara celui qui se tenait dorénavant devant elles. Ebréelle nous a fait part de votre engagement pour le peuple d'Androlia. Cependant nous ne pouvons pas vous laisser vivre ici, et encore moins vous laisser retourner dans votre monde avec ce que vous savez maintenant. Nous ne sommes pas des monstres, mais notre devoir nous oblige à faire des choses que nous n'aimons pas toujours.

— À cause de moi, Marlin et Quork sont morts ! déclara sombrement Océane. Je ne voulais pourtant faire de mal à personne...

Ses yeux devinrent rouges et de nouvelles larmes roulèrent sur ses joues. Elle avait du mal à respirer, un poids invisible lui écrasait la poitrine. Des sanglots trop lourds à supporter prenaient possession de son courage, de son aplomb. Elle vit juste Ebréelle lever les bras avant de perdre connaissance.

Une détonation retentit dans la pâle lueur du matin. Un boum terrifiant qui ébranla tout le monde. La terre avait tremblé et tous, sans exception, s'effondrèrent en même temps.

Quand Clémentine et Océane se réveillèrent, elles étaient paisiblement allongées sur le hamac d'un gonote qui filait droit devant lui. La nuit pointait son nez à l'horizon, dans une végétation dense. Océane se releva, et alla ouvrit la fenêtre qui donnait sur le cou de l'escargot pour s'apercevoir que personne ne conduisait le gonote.

38

Seules envers et contre tous.

Le temps que nos jeunes humaines comprennent ce qui leur était arrivé, le gonote avait fini par s'arrêter. Il broutait de l'herbe fraîche en bordure de forêt sans se préoccuper de ses passagères. Tout autour d'eux, la forêt se dressait, fière et démesurée.

— Plus de Marlin, plus de Quork, Ebréelle a aussi perdu la vie en nous sauvant des Magicantes. Quand cela va-t-il s'arrêter ? Je ne veux pas que les gens souffrent à cause de moi… Je ne veux pas les perdre…

L'émotion était trop forte pour la jeune fille. Hébétée, elle sortit de la coquille pour savoir où elles avaient atterri. Clémentine cherchait à la rassurer, mais Océane était furieuse et tournait sur elle-même en pleurant.

— Calme-toi, Océane. Je suis là, moi !

— Et je ne veux pas te perdre, toi aussi.

— Mais tu ne vas pas me perdre.

— Alors quoi… C'est quoi la suite…

— Je présume que notre mission de retrouver le cristal magique reste notre priorité.

— Tu as entendu les Magicantes… Quoi que nous accomplissions, ils viendront nous régler notre compte. Je suis désolée, Clémentine, j'étais à des années-lumière de me douter que j'allais te conduire dans une pareille aventure.

— Écoute, Océane, mes parents m'ont appris à garder la tête froide dans toutes les situations. Quand tu crois que ta culture ne va rien donner, confie-toi à Dame Nature.

En voyant le regard perdu d'Océane, elle corrigea.

— Aux personnes valeureuses rien n'est impossible. Garde confiance en l'avenir, ne craque pas sous la pression… Bref, c'est un truc dans le genre…

— Tu m'as embrouillé la tête ! avoua Océane en lui souriant tendrement. Ils vont me manquer, Clém !

— Cette aventure ne peut pas se finir tristement. Je me refuse à le croire.

— Tu crois qu'ils sont encore en vie ?

— On verra bien ! lâcha l'horticultrice en haussant les épaules.

— Et maintenant ? J'ai le sentiment qu'on est loin de notre but.

— Ben, truc muche est en train de passer à table, alors je crois que nous allons devoir passer la nuit sur le hamac. À moins que tu aies une meilleure suggestion.

— Moi ? Je ne sais même pas où on est !

— Tu entends ?

—On dirait de l'eau, une rivière peut-être ? Et ça à l'air de venir de derrière ces arbres.

Tout en se tenant la main, elles traversèrent la lisière du bois, qui à leur grande surprise, n'était pas si profonde. À peine avaient-elles pénétré dans la sylve que déjà elles percevaient une vaste étendue de terre derrière les bouleaux qui se dressaient sur leur chemin.

— Je n'aime pas trop me retrouver seule dans un coin inconnu !

— S'il y a une rivière, il y a fort à parier que nous trouverons des habitations. L'eau attire toujours du monde.

— Reste à espérer que ce sera de gentilles personnes ! chuchota Clémentine.

Le plus discrètement possible, elles sortirent des fourrés pour s'avancer vers les champs en fleurs qui bordaient effectivement un torrent tumultueux. Des cris de bêtes déchiraient de temps en temps le profond silence. Les babils d'oiseaux sauvages se firent moins présents à mesure qu'elles s'éloignaient de la protection des bois. Le jour déclinait rapidement, mais avant cela elles purent à regret constater qu'il n'y avait aucune maison dans les parages.

— On retourne au gonote ?

— Je ne me sens pas plus en sécurité dans une coquille d'escargot au cœur d'une forêt, Clém. T'as vu comment Beaupoid l'a pulvérisée avec sa tête ! ?

— Mais on serait au moins à l'abri de l'humidité.

— Je n'en sais rien... Je présume que tu as raison mais mon cœur me dit de continuer par là-bas.

Elles se rapprochèrent de la rivière hurlante et remontèrent vers l'ouest en regardant de temps en temps par-dessus leur épaule.

Personne ne les suivait. Aucun animal antipathique, ni aucun lutin jardinier. Il n'y avait qu'une vaste clairière bordée d'un côté par des arbres flamboyants sous les derniers rais de soleil et de l'autre par un interminable cordon d'eau bruyant qui dévalait la vallée en charriant des troncs d'arbres, des feuilles mortes, ou encore des plaques entières de fleurs sûrement arrachées sur les bords de rives.

— Le soleil est en train de disparaître, Océane. J'aime de moins en moins notre idée...

— C'est quoi ça, là-bas ?

Elles plissèrent les yeux, firent une visière avec leur main pour constater qu'un édifice, une maison, du moins une construction symétrique prenait naissance au bord de la rivière.

— Un pont ?

— J'ai bien l'impression.

— Des maisons sont souvent accrochées à des ponts ! s'enthousiasma Clémentine.

— Dans notre monde… je n'sais pas trop, ici !

— Au pire, on aura de quoi s'abriter du vent et de la pluie.

— La responsable de l'orphelinat me disait toujours qu'avec mon caractère je finirais un jour sous les ponts ! grommela Océane.

Clémentine se mit à rire de bon cœur, poussant Océane à en faire autant.

Les derniers lambeaux de soleil s'effacèrent et, aussitôt, un vent glacial provenant du nord les fit hésiter.

— Là, tout de suite, je dirais qu'on aurait mieux fait de rester au gonote.

— Ce n'est pas lui qui passe là-bas ? demanda Océane en brandissant son doigt devant elle.

— Non, regarde : il y a quelqu'un qui le dirige.

— Marlin ? Quork ? s'enflamma Océane en partant en courant pour crier qu'elles étaient là.

39

Les jambes à leur cou.

Océane courait à en perdre haleine, motivant Clémentine qui se faisait distancer par des :

— Allez, un peu de courage, on y est presque !

Ou bien encore :

— Dépêche-toi, sinon on va le louper.

Mais la jeune fille n'en pouvait plus. Le peu de repos qu'elles avaient pris depuis qu'elles avaient quitté le corps de Lamlin ne suffisait tout simplement pas. Océane accéléra encore l'allure, espérant barrer la route à la diligence escargot avant que l'inconnu ne passe le pont. Le gonote n'usait pas de ses capacités de sprinteur, malgré cela, il se déplaçait comme un cheval au trot.

La pauvre orpheline hurla, agita des bras et illumina sa main magique, rien n'y fit. Le cocher semblait s'obstiner à ne pas la voir. Pire, il accélérait la cadence tandis que des cris de bêtes emplissaient la plaine. Océane faillit s'étrangler lorsqu'elle se retourna pour encourager Clémentine. Encore à bonne distance, la nuit pareille à une vague noire déferlait sur la plaine en mugissant. La nuit, ou... ce qui courait dans l'obscurité.

— Clém ! s'époumona Océane. Cours, nous sommes pourchassées par des êtres de la nuit.

L'adolescente fit des non de la tête en pinçant ses lèvres. Pensant d'abord à un canular pour la faire courir plus vite. Mais lorsqu'elle cessa de respirer comme un chien étranglé pour déglutir, elle perçut les bruits de bêtes qui grognaient férocement dans son dos. Un simple et rapide regard en arrière confirma ses pires craintes.

Elle chercha à croiser le regard horrifié d'Océane, mais son amie était perdue dans ses pensées. Elle attendit de voir passer son amie à ses côtés pour reprendre sa course en levant une main au-dessus d'elle.

L'obscurité les engloutissait peu à peu en même temps que les êtres aussi noirs que du charbon les rattrapaient.

— Tu fais quoi ?

Sa main prit d'abord des teintes pâles avant de se transformer en une redoutable lanterne étincelante. Elles entendirent aussitôt des cris d'agonie. Les créatures furieuses ralentirent l'allure pour garder une distance respectable. Pendant ce temps, certains monstres cherchaient à les contourner par les côtés.

— On ne s'en sortira pas ! pleura Clémentine en prenant la main humaine de son amie. Je ne veux pas souffrir… j'ai peur…

Océane s'était murée dans un silence inquiétant. Faisant de son mieux pour augmenter la puissance du flot jaillissant de lumière, seul et unique rempart dans cette nature devenue hostile depuis que la nuit était tombée.

Le gonote avait franchi le pont pour s'effacer dans les rares clairs-obscurs. Et les jeunes filles se retrouvèrent seules et sans réelles défenses face aux cohortes de monstres qui les pourchassaient.

Océane proposa de s'abriter sous le pont afin d'éviter d'être débordées par les prédateurs.

— Si tu veux. De toute façon, je ne vais pas pouvoir courir encore bien longtemps ! se plaignit Clémentine en montrant sa cuisse.

Elles se glissèrent sous le pont assez bas et Océane fit courageusement face aux monstres qui venaient les envahir malgré sa lumière surnaturelle.

L'un des êtres de la nuit pénétra dans le halo blanchâtre et de la fumée se forma immédiatement sur son pelage noir et luisant. La créature couina, claqua son horrible mâchoire dans le vide avant de disparaître dans les eaux bouillonnantes du fleuve qui coulait interminablement dans son lit.

— N'y pense même pas ! aboya Clémentine en comprenant les intentions de son amie. Je préfère encore me faire dévorer ici, maintenant, plutôt que de me noyer.

— Tu arrives encore à faire une différence ? Tu crois que l'un est moins mauvais que l'autre ? s'énerva Océane.

— Tant que tu gardes ta lumière, nous ne risquons rien ! avertit Clémentine, alors que dans ces eaux, tu ne sais pas ce qui se cache.

Les créatures avaient fini par entourer le pont. Les filles ne pouvaient ni avancer ni reculer et le choix de se jeter dans les eaux sombres et froides était exclu.

Les forces magiques de la pauvre Océane venaient à manquer et sa lumière perdit en intensité. Les crocs dégoulinant de bave étaient si proches qu'elles pouvaient à nouveau sentir leur puanteur.

Le cercle de lumière faiblissait à vue d'œil. Dans moins de cinq minutes, c'en serait fini.

Elles se serrèrent l'une contre l'autre en pleurant à chaudes larmes.

— Pardon, Clémentine. Pardon, pardon, pardon ! paniqua Océane en voyant encore faiblir sa lumière céleste.

— Tu seras à jamais ma meilleure amie ! cria Clémentine pour se donner du courage.

Les grognements se transformèrent en cris de douleur et, à leur plus grand étonnement, les bêtes s'éloignèrent. Une vive clarté obligea les jeunes filles à plisser les yeux. Clémentine se cacha le visage avec la main en cherchant à comprendre le phénomène.

— Les nuits sont courtes ici, mais quand même ? C'est toi ?

— Non ! affirma l'orpheline en distinguant du mouvement dans l'océan de lumière aveuglante.

Une voix masculine s'adressa à elles avec douceur.

— Sortez de là, vous ne risquez plus rien.

— Qui êtes-vous ? se méfia Océane.

— Une partie de toi, mon enfant. Nous sommes des êtres de lumière. Nous avons entendu ton appel !

— Je ne vous ai jamais appelé ! contra Océane.

— Ta lumière était suffisamment puissante pour parvenir jusqu'à nous ! corrigea la voix.

— Vous voulez nous rendre aveugles ? s'énerva Clémentine qui fermait les yeux pour ne pas être éblouie.

— Pardon ! intervint une voix de femme.

40

Une lueur d'espoir dans l'obscurité.

Océane fut la première à oser s'extraire de dessous le pont. Utilisant sa main humaine pour masquer la forte lumière qui faiblissait graduellement.

Les jeunes filles virent d'abord de simples formes se mouvoir autour d'elles. Les êtres luminescents étaient nombreux. Au moins une vingtaine si ce n'était plus.

Quand, enfin, elles purent entrevoir leurs sauveurs, elles restèrent stupéfaites. Les Androliens qui les encerclaient ressemblaient en tout point aux humains, à l'exception, peut-être, de leur grande taille, de leurs cheveux flamboyants et de leurs yeux argentés. On ne pouvait clairement distinguer leur corps car une grande quantité d'énergie émanait d'eux en permanence sous forme de lumière, comme des petits soleils. De magnifiques ailes parcourues d'étincelles pointaient vers le ciel et se déplaçaient avec grâce et volupté pour soulager leur poids.

L'un d'eux replia ses fabuleuses voilures angéliques pour s'agenouiller devant l'orpheline.

— Bonsoir, Océane... Tu as fait un long voyage. Je te cherche depuis trois jours.

— Vous nous connaissez ?

L'homme se mit à rire de bon cœur.

— Il n'y a, en ce monde, qu'une seule enfant humaine qui puisse s'éclairer comme un phare dans la brume. Une seule qui ait vu le jour sur les quatre mondes. Cet enfant... toi... Ma fille ! déclara l'adulte de sa voix la plus douce.

Les paroles furent comme un coup de poing dans le ventre d'Océane. Le souffle coupé, l'esprit envahi de mille questions impossibles à prononcer, elle se contenta de le regarder en écarquillant ses yeux et en gobant l'air comme un poisson rouge hors de l'eau.

Elle inspira goulûment, sourit bêtement, puis chercha le regard de son amie qu'elle découvrit étendue sur le dos.

— Clémentine, que lui arrive-t-il ?

— Ton amie a été touchée par les ténèbres. Nous devons vous conduire chez nous pour la soigner avant que son état ne s'aggrave et que nous ne puissions plus rien faire pour elle.

Océane passa de l'état de grâce à la panique totale. Pourquoi n'avait-elle pas le droit de profiter de ses retrouvailles avec son père biologique ? Puis revint le douloureux souvenir de son ancienne rencontre avec les êtres de la nuit, la perte de sa main croquée d'un coup de mâchoire. Probablement l'une des pires souffrances qui lui soit arrivée.

— Je ne me rappelle pas qu'elle ait été en contact avec eux, nous étions protégées avec ma lumière… Je…

— Ce n'est pas de ta faute, Océane, sur Androlia, sa constitution humaine joue contre elle. Si elle reste trop longtemps parmi nous, elle se transformera en être de la nuit. Sa blessure à la cuisse est profonde et même si tu as ralenti les saignements, la plaie s'est infectée.

Il se redressa, déploya ses magnifiques ailes et souleva sa fille pendant que l'un des siens ramassait Clémentine qui laissait misérablement pendre sa tête sur le côté.

— Tout ira bien, mon ange ! déclara-t-il en s'envolant à la suite de son peuple.

Océane était horrifiée. Tout allait si vite. Sous ses pieds, la nuit retombait et, avec elle, les êtres terrifiants dissimulés dans l'obscurité refaisaient surface pour les regarder, impuissants et fous de rage, monter vers le ciel étoilé.

— C'était des humains ? comprit-elle soudain.

— Oui, une partie d'entre eux, d'autres viennent des autres univers. Ils ont goûté aux plaisirs d'Androlia, la magie de notre monde a rongé leur âme et les a transformés peu à peu en créatures tournées vers le pouvoir de la nuit.

— Mais c'est horrible ! s'exclama l'adolescente. Je ne veux pas que mon amie subisse le même sort.

— Nous allons tout faire pour ça, Océane, fais-moi confiance !

Elle resta silencieuse à ces mots. Passant du visage féerique de son père qu'elle avait tant rêvé de voir, à celui de Clémentine inconsciente.

Alors elle pleura comme une petite fille. Cela lui faisait du bien, car les émotions étaient trop fortes. Elle avait perdu ses amis Marlin et Quork, mis en danger Clémentine plus d'une fois, et se voyait à présent dans les bras puissants de son père qui volait à grands coups d'ailes vers une destination inconnue qu'elle devinait perdue dans les nuages.

Quand tout cela allait-il s'arrêter ? Était-elle sagement couchée dans son lit à rêver de tout ça ? Une partie d'elle le souhaitait, l'autre espérait que non.

Les êtres de lumière se regroupèrent petit à petit et calquèrent leur battement d'ailes les uns sur les autres pour filer droit sur un anneau de la taille d'une maison. Ils le traversèrent et, d'un seul coup, Océane se retrouva à survoler un palais de cristal qui étincelait des vives couleurs de l'arc-en-ciel.

L'air était tiède, l'oxygène chargé d'une agréable odeur épicée. Les hommes oiseaux virèrent sur l'aile et entamèrent une rapide descente vers une terrasse entourée d'arbres bleus aux feuillages tout aussi lumineux.

— Nous sommes au paradis ?

— Le paradis n'existe pas, Océane. C'est une invention de l'homme pour se rassurer sur la vie après la mort.

Océane fut piquée au vif par sa réplique.

— Tu me rappelles ta mère ! continua-t-il innocemment.

Elle maintint son regard, complètement scandalisée.

— Pardonne-moi, Océane ! commença celui-ci, en la déposant délicatement. Je ne suis pas très à l'aise avec vos coutumes sur les vérités dissimulées. Les faux-semblants…

— Commencez par me dire comment vous vous appelez ? le sermonna-t-elle en emboîtant le pas de l'homme-oiseau qui portait son amie vers l'intérieur de l'enceinte.

— Je te connais tellement, mon ange, que j'oublie que tu nous as été arrachée très jeune. Je m'appelle Éfarel. Et ta mère, de qui tu as hérité tes magnifiques cheveux roux, s'appelait

Elwena, cela veut dire Hélène dans votre monde.

Ils arrivèrent dans une immense salle tapissée de fresques représentant des décors ahurissants. Là, se trouvaient d'autres êtres de lumière qui allaient et venaient en silence, d'un pas souple et lent.

À l'approche d'Éfarel et des enfants humaines, ils marmonnèrent tout bas pour ne pas être entendus.

Océane comprit immédiatement qu'elle et Clémentine n'étaient pas les bienvenues, mais elle remarqua aussi qu'ils avaient peur de son père.

— Ils n'ont pas l'air très heureux de nous voir ici ! lança-t-elle naïvement.

Son père ne répondit pas, laissant plutôt traîner son regard d'acier sur ses congénères qui préférèrent se sauver.

Ils passèrent en hâte dans un long couloir en verre qui laissait apparaître une nature des plus exotiques, encadrant une majestueuse cascade phosphorescente.

— Comment de l'eau peut-elle couler dans le ciel ? chercha à savoir Océane subjuguée par tant de beauté.

— Ce n'est pas de l'eau, Océane, mais le nectar céleste qui abreuve la vie dans les quatre mondes.

— Vous n'arrêtez pas de parler des quatre mondes ? Je n'en connais que deux, le vôtre et le mien.

— Océane ! commença Éfarel en s'agenouillant devant elle. Androlia est le centre des quatre mondes, le tien est en périphérie tout comme Fernostre, que vous appelez enfer et le royaume des rêves que vous appelez paradis.

— Vous disiez que le paradis n'existait pas ! lança Océane.

— Il n'est pas exactement ce que vous imaginez, compléta Éfarel évasif. Nous aurons l'occasion de reparler de tout ça… Mais pour le moment, je dois extraire le poison qui coule dans les veines de ton amie.

— Pardon, Monsieur… Papa…

Il lui sourit tendrement puis d'un mouvement ample et souple s'en retourna pour ouvrir une porte donnant sur le vide. Océane se rapprocha du seuil pour apercevoir des reflets sur des murs et un sol translucide. Sous leurs pieds se dessinait une vue étourdissante, ils étaient perchés au-dessus des nuages qui glissaient silencieusement vers une destination qu'eux seuls connaissaient.

Dans la pièce transparente, il y avait des lits de brume qui accueillaient des corps au repos. Plus loin, sur sa droite, Océane découvrit une créature gigantesque, masquée en grande partie par le brouillard surnaturel. Malgré tout, il était assez aisé d'y voir un dragon à la cuirasse dorée dormir d'un profond sommeil.

— Les dragons existent ! s'exclama Océane en quittant un instant des yeux son amie.

— Il en existe peu et nous avons rarement l'opportunité de les fréquenter. Mais Sarzarc avait besoin de soins. Une mission dans les terres interdites a failli le tuer.

— Sarzarc, Sarzarc... Les arbres chanteurs m'en ont parlé. Ce devait être lui notre protecteur. À la place, on a eu Marlin, qui travaille aussi pour le grand sage. Pourquoi ?

Éfarel lui caressa les cheveux puis se posta devant Clémentine.

— Tu devrais fermer les yeux, ma fille, je ne suis pas sûr que tes pupilles humaines supportent ce qui va suivre.

Océane s'exécuta après un dernier regard sur le corps massif et écailleux du dragon en s'installant sur un lit vaporeux qui la soutint par un prodige qu'elle ne s'expliquait pas.

Son père et deux autres êtres de lumière devinrent aussi puissants que le soleil terrestre. Des cris de souffrance déchirèrent le cœur de l'orpheline. Elle reconnaissait fort bien la voix de son amie, et se doutait des supplices qu'elle subirait pour être soignée. Elle ne pouvait pas dire pourquoi ni comment elle savait ça, mais elle le comprenait.

41

Une bouffée de bonheur éphémère.

Éfarel, le père d'Océane, s'était occupé de la jeune horticultrice durant une heure, puis s'était installé auprès d'elle pour la veiller. À l'entendre, les prochaines heures seraient déterminantes dans la guérison de Clémentine.

Océane avait fait de son mieux pour rester éveillée, mais la fatigue accumulée depuis leur arrivée sur Androlia, avec ses nuits trop courtes, avait fini par avoir raison de sa persévérance.

À son réveil, tard dans l'après-midi, Clémentine n'était plus dans son lit. Éfarel avait disparu et, par-dessus tout, Sarzarc, le grand dragon cuivré, s'était levé. Il était là, debout sur ses pattes griffues et larges. C'était curieux, car depuis sa couche, Océane avait vraiment l'impression de le voir léviter, même en sachant que les parois étaient pour la plupart transparentes. Elle se fit aussi la remarque silencieuse que le maître d'armes était impressionnant.

— Ton père m'a demandé de veiller sur toi ! déclara la créature par la pensée.

— Il est parti il y a combien de temps ?

— Deux jours !

— Deux jours ? reprit-elle affolée... Et mon amie ! ?

— Éfarel l'a conduite dans les cascades célestes. Il espère qu'elle pourra s'en nourrir pour reprendre des forces.

— Je croyais en arrivant qu'elle ne tiendrait pas plus de quelques heures ?

— Dans le royaume des êtres de lumière, les effets d'Androlia sont modérés.

— Je veux la voir ! ordonna l'orpheline qui ne croyait pas son interlocuteur.

— On n'exige rien ici, fillette ! gronda mentalement le dragon.

Elle allait s'excuser quand elle vit la porte d'entrée s'ouvrir sur Clémentine qui était escortée par Marlin et Quork.

Océane manqua d'abord de s'étrangler puis, immédiatement après, se retrouva envahie par une vive émotion qui la fit suffoquer. Elle croisa son regard avec celui de Marlin jusqu'à ce que sa vue se trouble à l'arrivée de larmes incontrôlables.

Ses amis se précipitèrent pour la prendre dans leurs bras en lui chuchotant des paroles réconfortantes.

— Je suis si heureuse que vous soyez tous sains et saufs... parvint-elle à prononcer. Vous m'avez tellement manqué ! se livra-t-elle sincèrement.

Le jeune elfe afficha un visage serein et charmeur.

— Tu ne pensais pas te débarrasser de nous comme ça ?

— Mais vous aviez disparu sous les finfillas.

— On a bien failli y passer ! avoua Marlin, mais Quork nous a dégoté une cavité qui donnait sur un chemin parallèle. Pendant que vous partiez avec Maître Ebréelle, nous nous faufilions sous les finfillas pour rejoindre la passerelle. Malheureusement, quand nous sommes arrivés, vous n'étiez plus là et le passage s'était fermé définitivement. Nous sommes donc partis au travers des fibres de Lamlin pour éviter de rencontrer les finfillas et, par chance, nous avons trouvé un passage après le secteur des couveuses. Là, c'est moi qui avais raison ! fanfaronna-t-il en regardant Quork lui sourire. Je me suis demandé comment les bébés sortaient des géants et, nous avons trouvé un passage ! confia Marlin en se caressant l'arrière du crâne quand il croisa le regard émerveillé d'Océane.

— Ce n'est pas tout à fait ça ! corrigea Quork. Il s'est assis sur une couveuse pour méditer, me disait-il. Et, sans le faire exprès, il a glissé dans une sorte de toboggan qui se terminait à l'arrière du talon de Lamlin.

— Je n'ai pas glissé ! s'offensa faussement Marlin. C'était fait exprès !

— Tu parles, tu es tombé ! ricana Quork.

— Je suis si heureuse ! s'émerveilla Océane en regardant son amie qui affichait un beau visage frais. Je crois pouvoir affirmer sans me tromper qu'aujourd'hui sera le plus beau jour de ma vie.

Clémentine la couvait des yeux, pendant que Quork encaissait une bourrade amicale de Marlin.

— Tu avais promis de rien dire ! maugréa Marlin.

— Éfarel a eu vent de votre mission, Océane ! coupa Quork. Il nous attend pour te conduire auprès du cristal magique.

— Il sait où il est ?

— Apparemment les êtres de lumière savent où se trouve la clef, depuis le début ! confia l'hybride qui parlait incroyablement bien maintenant.

— Pourquoi ne l'ont-ils pas rapporté aux Magicantes dans ce cas ?

— Éfarel sera le mieux placé pour t'en parler ! lança Marlin en fuyant ainsi les questions embarrassantes.

Océane prit une minute pour s'éclaircir les idées, laissant Sarzarc s'éloigner du groupe, avant de découvrir qu'un passage vers le ciel, jusque-là dissimulé dans la paroi translucide, venait de s'ouvrir. Un vent frais s'engouffra dans la pièce tandis que le dragon s'élançait dans le vide en déployant ses immenses ailes membraneuses couvertes de minuscules écailles.

— Il est bizarre celui-là ! confia Clémentine.

— Lui, c'est Sarzarc le fameux guerrier qui devait nous escorter au tout début.

— Cela aurait été plus simple ! confia Clémentine avant de se reprendre. Je ne veux pas dire que tu n'étais pas à la hauteur Marlin, mais…

— Tu t'enfonces ! s'amusa l'orpheline qui se tourna vers le jeune elfe. J'ai remarqué qu'il te regardait d'une étrange façon !

— Pas remarqué ! mentit celui-ci.

— Que te disait-il ? comprit Océane en s'approchant de lui.

— Rien de bien utile ! assura-t-il en se touchant la pointe de ses oreilles.

— Combien de temps nous reste-t-il ? poursuivit Océane.

— Demain avant le coucher du soleil !

— Mais de quoi parlez-vous ? s'indigna Clémentine en cherchant de l'appui chez Quork.

— Elle doit savoir ! insista Océane.

— Si tu ne retournes pas dans ton monde rapidement, tu deviendras un être de la nuit ! lança l'hybride en affichant un visage désolé et rempli de tristesse.

Océane prit le relais, lui dévoilant qui était Éfarel, qui étaient les êtres de la nuit et pourquoi ils devenaient comme ça.

Clémentine accusa le coup en affichant un visage figé sur une expression pensive. Le corps raidi, elle se laissa prendre dans les bras d'Océane qui la berça quelques instants sans rien dire.

— Nous allons rentrer chez nous, Clém ! chuchota son amie. Nous allons trouver cette satanée clef de cristal et obliger les Magicantes à nous laisser passer, ajouta-t-elle en durcissant le ton. Quitte à ce que je les menace de briser la clef s'ils ne veulent pas entendre raison !

Le cœur lourd, le petit groupe s'élança dans les couloirs somptueux du palais et traversa de nombreuses salles luxueuses avant de déboucher sur un bel escalier doré qui serpentait sur une dizaine d'étages. Quelques rares meubles agrémentaient les lieux, à croire que les êtres de lumière ne se nourrissaient pas, ne dormaient pas, n'avaient aucune relation privée.

— Quels rôles jouent-ils sur Androlia ? questionna Océane. On sait que les lutins des jardins vous nourrissent, que les Magicantes vous protègent, que le grand sage vous guide. Nous avons découvert que les arbres chanteurs… chantent… Que les êtres de la nuit sont une erreur d'aiguillage, mais mon père et les siens quel est leur rôle ?

— Ils accompagnent les êtres des quatre mondes vers leur autre vie ! souffla Marlin.

Océane et Clémentine plissèrent les yeux pour mieux comprendre.

— N'vois pas ! s'excusa Océane alors qu'ils débouchaient dans le hall principal.

— Dans votre monde, vous les comparez à des anges.

Ils passèrent entre les hommes oiseaux pour rejoindre Éfarel sur la place principale. Son père était en extase devant l'un des arbres bleus qui scintillait sous les derniers rais de lumière du jour.

Cette fois encore, une douce odeur de cannelle emplissait les lieux. Mais Océane put sentir autre chose. Un malaise qui grandissait dans le cœur de son père. Elle avait la désagréable impression d'être sur le point de le perdre à jamais. D'un pas mal assuré, l'esprit envahi de questions sans queue ni tête, l'orpheline alla, seule, rejoindre Éfarel qui la fit glisser sous son bras pour l'enlacer.

Elle prit une profonde inspiration. Cherchant déjà à s'assurer qu'elle n'oublierait pas de sitôt les traits de visage de son père. Cet être mystérieux, cet ange incroyable qui avait aimé sa mère...

— Installe-toi, Océane, j'ai beaucoup de choses à te dire et tellement peu de temps pour le faire.

— Je n'aime déjà pas ce que vous allez me dire ! déclara l'adolescente sur la défensive.

Éfarel tourna la tête vers elle et la regarda en silence un moment. Lui aussi paraissait vouloir graver dans sa mémoire l'apparence de sa fille.

42

Des aveux douloureux.

Le jour déclinait rapidement sur les îles aériennes perchées au-dessus des nuages. Mais au lieu d'y faire plus sombre, le jour était peu à peu remplacé par des milliards d'étoiles argentées, disséminées dans le cosmos. Leur réverbération rendait le royaume des êtres de lumière encore plus étonnant, plus beau, infiniment plus envoûtant. Les jardins se transformaient en véritable havre de paix, où l'on aimerait flâner pour l'éternité.

— Est-ce que le royaume des rêves est encore plus beau que votre monde ? demanda Océane qui voulait éviter d'aborder des sujets qui fâchent.

— Je suppose ! indiqua Éfarel.

— J'ai cru comprendre que vous y alliez de temps à autre !

— Tu es bien perspicace ! s'étonna son père en laissant ses longs cheveux s'embraser brutalement sous la magie de la nuit divine.

— J'aurai des ailes moi aussi ?

— Je l'ignore, mon ange. Tu n'étais pas censée exister !

— Mais je suis là ! se félicita-t-elle en regardant à son tour le bel arbre bleu qui irradiait d'une puissante clarté provenant de ses feuilles.

— Océane, je voudrais que tu connaisses la raison pour laquelle tu existes !

— J'en ai une toute petite idée ! s'amusa l'adolescente. Vous étiez amoureux de ma mère, elle de vous, je présume... Mais je me demande comment vous vous êtes rencontrés ! ?

— J'étais nouveau dans le rôle d'accompagnateur, ta mère était ma première mission... Elle... Elle était si belle, si gentille, douce. Son âme était pure comme le nectar céleste qui coule près du palais. Elle ne méritait pas de partir si vite...

— Partir où ? interrogea sa fille en ayant peur de comprendre.

— Ta maman était très malade, Océane. Une maladie humaine qui l'a foudroyée un beau matin de mai. J'étais désigné pour conduire son âme dans le royaume des rêves.

— Pourquoi ce monde s'appelle-t-il comme ça ?

— Cet endroit est très spécial, mon ange. Ceux qui ont le droit d'y aller, peuvent le façonner selon leurs envies. Il y a autant de possibilités que d'étoiles dans l'univers. Car chaque personne est unique.

— Je crois comprendre ! dit-elle, malheureuse.

— Je suis tombé amoureux de son âme, alors j'ai fait ce qui est interdit, j'ai emporté son corps ici, je l'ai soignée, et nous nous sommes aimés en cachette pendant deux ans. Mes semblables m'ont menacé de nous jeter à Fernostre, si je ne mettais pas un terme à notre histoire.

— Fer quoi ?

— Fernostre c'est un peu ce que tu appelles l'enfer.

— Ils sont horribles ! grogna sa fille en regardant un gardien posté devant une entrée impériale.

— Pas tant que ça, mon ange. Ils auraient pu nous dénoncer à l'ordre des Magicantes, me retirer mes pouvoirs, mais ils ne l'ont pas fait.

Océane était à la fois consternée et fascinée par leur union.

— Elwena a repris sa vie dans votre monde. C'est là que tu es née. Lorsque l'état de ta maman s'est à nouveau dégradé, j'ai tenté de la faire accepter ici. Mais j'ai appris alors que la nature humaine ne supportait pas mon monde.

— Pourtant, la première fois, elle y est restée longtemps !

— Ici, sur les toits célestes, et grâce au fluide de la cascade ! prévint-il.

— C'est pour cette raison que les autres nous regardent de la sorte ? Ils craignent que vous fassiez pareil avec nous ?

— Oui...

— Mais si on se fait toutes petites on ne dérangerait personne !

— C'est là que tu te trompes, mon ange. On ne sait pas pourquoi, mais après l'arrivée de ta mère, certains des miens ont commencé à développer une maladie qui détruisait leurs ailes de manière définitive. Cela fait des années que cela n'est plus arrivé, mais tous craignent que votre présence ne fasse revenir cette maladie.

Complètement abasourdie, Océane ne savait plus quoi penser. L'idée même de faire du mal à son père l'insupportait.

— Alors conduisez-moi à cette clef qu'on en finisse ! déclara-t-elle froidement.

— Je suis navré, mon ange.

— J'ai plutôt l'impression d'être un démon à vos yeux... Mais vous ne pouvez pas être navré... L'amour ne se commande pas, je pense !

— Tu lui ressembles tellement ! chuchota Éfarel désorienté.

— Où se trouve ce cristal ?

Il mit un instant avant de reprendre la parole. Il laissa ses yeux vagabonder entre les jardins et sa fille qui n'osait plus lever le menton.

— Le cristal d'or dérobé par Téogral est toujours avec lui !

— Et ?

— Il est à Fernostre !

— Dans les enfers ? Vous m'avez prise pour Dieu ?

— Ebréelle pense que tu es capable de t'y introduire, de t'emparer de la clef pour nous la rapporter et d'en revenir saine et sauve.

— Et vous, vous pensez que je dois faire quoi ?

— Rester ici est impossible, Océane, retourner dans ton monde sans fermer le portail donnerait un prétexte suffisant aux Magicantes vivants sur Terre de te faire disparaître. Pénétrer à Fernostre sans une âme à déposer est pure folie. Si tu es prête à laisser tes amis derrière toi, je peux te conduire en sécurité dans l'un des royaumes du ciel. Loin de mes semblables et dans un lieu inaccessible aux Magicantes.

— Vous vivriez en paria pour moi ?

— Pour ma fille unique, sans hésitation !

— Je refuse ! explosa Océane. J'ai un rôle à jouer sur Androlia, une amie à reconduire chez elle, et des amis à qui je ne veux pas créer d'ennuis. Avez-vous confiance dans le grand sage ?

— Il est neutre dans les affaires des quatre mondes.

— Alors faisons-lui confiance !

— Mais je ne suis pas sûr que tu réussisses ! ajouta une voix dans son dos.

— Vous êtes partout, vous ! s'exclama l'orpheline en se retournant.

Ebréelle était aux côtés de Sarzarc. Le grand dragon restait silencieux, mais sa queue s'agitait nerveusement de gauche à droite.

— Ton père a raison, Océane, aucune solution n'est enviable. Tu dois faire un choix, vivre avec Éfarel sur un nuage loin de tous ou corriger les erreurs des korrigans.

— Vous êtes marrant vous, vous me demandez d'abandonner mes amis, mon père que je viens à peine de retrouver, ou de plonger directement en enfer… Si je réussis, j'espère au moins qu'après ça ils vont se tenir à carreau, ces fourbes de korrigans ! ragea la jeune fille. C'est d'eux que vous devriez vous méfier. Partout où on les croise, ils causent des dégâts.

43

Sarzarc pour monture.

Océane prit le temps de remercier les êtres de lumière pour leur accueil, les rassurant sur son désir de quitter au plus vite leur monde avec Clémentine. Elle savait qu'il lui restait une nuit et une journée pour accomplir l'impossible. Durant son voyage qu'elle comprit initiatique, elle avait appris à se faire confiance, à assurer les arrières de ses amis, à combiner ses forces et ses craintes pour être plus forte, à user de son pouvoir surnaturel pour se sortir de mauvais pas. Mais, par-dessus tout, elle avait appris à aimer et se faire aimer des autres. Forte de cette belle expérience, Océane se sentait plus sûre et, finalement, elle s'approcha du grand dragon.

— Il faut croire que nos chemins devaient se rencontrer ! assura Sarzarc.

— Vous n'allez pas vous défiler une seconde fois pour laisser à Marlin la lourde tâche de m'accompagner ?

Le dragon approcha sa tête rectangulaire hérissée d'écailles tranchantes vers l'imprudente.

— À la vie à la mort petite ! cracha-t-il par télépathie.

Éfarel la souleva de terre et la déposa sur le dos du dragon.

— Je suis furieux qu'on m'interdise de t'accompagner ! ragea Éfarel.

— Sans vous, nous serions déjà au royaume des rêves.

— Sois prudente, mon ange !

Océane lui sourit, leva sa main magique vers le ciel et ordonna à Sarzarc de partir.

— Je n'aime pas les adieux alors on y va quand tu veux ! déclara-t-elle mentalement.

Le dragon écarta ses ailes et se redressa sur ses pattes puissantes pour rallier le bord de la place et faire face à un vide hypnotique.

— Tiens-toi bien, fillette.

Leurs corps furent un instant en apesanteur, lorsqu'il se laissa tomber pour orienter sa chute. Ils traversèrent les nuages et virent arriver le sol à vive allure. Le dragon attendit encore un instant puis orienta ses ailes pour prendre appui sur l'air. La pression augmenta graduellement, collant littéralement Océane contre le corps dur de sa monture.

« J'aurai vraiment tout fait » pensa l'enfant. « Je vole »

Un large sourire se dessina sur son visage jusque-là terne et en proie au chagrin.

— Non, tu tombes ! rectifia Sarzarc. Sans moi tu t'écraserais en bas !

— Hééééé, je ne vous permets pas d'entrer dans ma tête ! se plaignit-elle en comprenant qu'il pouvait connaître la moindre de ses pensées.

— Pense moins fort dans ce cas ! s'offusqua-t-il en changeant de cap pour passer juste au-dessus d'une meute de loups.

— Ils ne sont jamais fatigués ceux-là ! s'indigna Océane.

— Tant qu'Androlia sera à la merci de votre monde, ils ne cesseront de courir dans tous les sens.

— Mais, j'y pense, vous allez avoir des ennuis à cause de moi !

— Si tu réussis là où nous avons tous échoué, cela n'aura plus d'importance.

Les cheveux au vent, Océane prit le temps de profiter de cette nouvelle expérience sans chercher à envisager le pire. Elle regarda sur le flanc de l'animal le paysage défiler à toute vitesse. Pas étonnant que le grand sage lui confie les missions les plus délicates. Il volait si vite, qu'Androlia se résumait à un simple département pour le Dragon. Ils longèrent la grande rivière tumultueuse toute la nuit. Océane était si fatiguée, qu'elle aurait aimé fermer l'œil. Mais le danger qui l'attendait et qu'elle évitait d'anticiper méritait malgré tout de se tenir éveillée.

Au petit matin, ils survolèrent une impressionnante cascade étourdissante. L'écume qui s'en dégageait masquait une partie du vide vertigineux qui séparait le sommet du lagon paisible en contrebas.

— L'entrée de Fernostre se trouve sous la cascade. Je vais te déposer dans la forêt qui se trouve sur ta droite. Tu devras suivre ce petit chemin et passer derrière en escaladant les premiers rochers. Une fois dedans, je ne pourrai plus t'aider.

— Ce n'est pas grave ! assura Océane.

— Tu devras faire attention, car il y a des êtres de la nuit qui se sont installés dans les grottes.

— Génial ! s'écria Océane. J'avais peur que ce soit facile.

Sarzarc fit du surplace au-dessus de la forêt avant de descendre lentement dans la clairière la plus proche.

À peine étaient-ils posés que déjà une dizaine de créatures démoniaques vinrent les encercler.

Le dragon cracha du feu, tourna violemment sur lui-même et, en un rien de temps, la clairière fut de nouveau accueillante.

— Efficace ! reconnut l'enfant juchée sur son dos.

— Descends vite et rejoins le sentier que je t'ai montré. J'assurerai tes arrières jusqu'à la falaise.

— Ne prenez pas de risques inutiles ! confia Océane en glissant sur sa patte postée en toboggan géant.

— Et toi, ne te retourne pas ! conseilla Sarzarc.

Elle lui transmit ses adieux et se mit à courir à toutes jambes en voyant venir au loin des créatures qu'il valait mieux éviter.

44

Face à l'impossible.

Pendant que le dragon s'occupait des prédateurs de la région, Océane s'éloignait à toute vitesse, sautant par-dessus de petits obstacles pour couper à travers champs. Dans son dos, les bruits de bagarres retentirent comme des échos. Elle n'eut aucun besoin de se retourner pour comprendre que c'était violent. Boostée par la peur, l'adolescente fonça tête baissée sous les arbres sans se soucier de ce qui pouvait s'y cacher. La chance était avec elle, car le Yacpadal qui se reposait au pied d'un chêne n'eut, ni la présence d'esprit, ni le temps de l'attaquer. Il fit simplement claquer son horrible mâchoire dans le vide en signe de mécontentement. La jeune femme glissa dans les feuillages pour éviter les crocs et roula souplement sur l'épaule avant de se relever comme un ressort pour poursuivre son chemin.

Le visage crispé, Océane réalisa que le danger était omniprésent dans la région. Jusqu'à maintenant, à part les Magicantes, elle n'avait, avec ses amis, croisé que des escargots géants, des chenilles supersoniques, des papillons grands comme des planeurs parfaitement inoffensifs, des géants de bois au grand cœur. Même les korrigans faisaient pâle figure en comparaison avec cet animal gros comme un lion. Il y avait donc autre chose de moins sympathique sur Androlia. L'araignée géante qu'elle croisa sur sa droite, et qui la prit en chasse, confirma ses lugubres pensées. Océane se félicita d'avoir Sarzarc comme protecteur. Elle l'entendit pénétrer dans la forêt en arrachant les arbres sur son passage. Il y eut des bruits de bois qui casse, des cris de bêtes qui souffrent. Le Yacpadal valsa contre un vieux chêne, l'araignée toute noire, striée de bandes rouge et jaune, perdit deux pattes dans les mâchoires du dragon. Puis le calme revint une courte seconde. Un instant propice qu'elle mit à profit pour jeter un œil par-dessus son épaule.

Les animaux de la forêt étaient terrassés par la puissance du guerrier reptilien. Une lueur de fierté brilla dans les pupilles de la jeune fille. Elle le voyait se démener pour elle avec une fureur inimaginable. Il était si puissant que la forêt garderait longtemps les traces de son passage. Dans un vacarme assourdissant, Sarzarc écrasait, percutait avec sa queue, ou bien réduisait en cendres tous ceux qui osaient se montrer hostiles envers sa petite protégée.

La pauvre fille essoufflée et assoiffée arriva sur les abords du lagon. L'eau était attirante, paisible, presque trop en réalité. Comme elle aurait aimé s'y abreuver, le temps de reprendre sa respiration ! Pourtant, tout lui criait d'éviter de s'en approcher. À commencer par les légers remous étranges qui dessinaient des arabesques symétriques en surface, alors que sous le miroir des eaux se mouvaient des corps impossibles à identifier.

Exténuée mais courageuse, Océane remonta le torrent jusqu'à arriver devant la falaise décrite par Sarzarc. Un regard en arrière lui permit de constater que le dragon n'avait pas pu la suivre. Le barouf qui envahissait la forêt lui indiqua que Sarzarc était en pleine bagarre. Tout en priant pour lui, Océane se désespéra en voyant les énormes rochers, de dix ou quinze mètres de haut, hérissés de centaines d'excroissances tranchantes qu'il valait mieux éviter de cogner, même pour les écailles solides d'un dragon. Cela voulait dire qu'elle était seule à présent. Qu'elle ne pourrait compter que sur elle-même dans le coin. Le dragon ne parviendrait jamais à la suivre et, de toute façon, il avait fait plus que sa part dans cette quête.

Nerveuse, se sachant à présent vulnérable, Océane brandit sa main au-dessus de ses épaules pour jouer avec son altération. Sa main lumineuse s'étirait en un long et fin cordon jusqu'à pouvoir trouver dix mètres plus haut de quoi se tenir. Elle se tracta ensuite en réduisant son long bras, se hissant, petit à petit, sur les rochers glissants qui jouxtaient la turbulente cascade infernale. Tous les vilains de ce monde semblaient s'être donné rendez-vous au même endroit. Pas étonnant que les portes de Fernostre soient dans ce coin. Qui oserait en sortir ? Momentanément à l'abri dans les hauteurs, Océane vit arriver une horde de bêtes sauvages, grandes comme des hommes adultes couverts d'écailles qui luisaient sous les rayons du soleil. En somme, de grosses blattes hideuses courant sur leurs deux pattes arrière pour brandir quatre segments supérieurs se terminant sur d'abominables pinces menaçantes.

Comme si cela n'était pas suffisant, l'orpheline vit s'extraire des flots une affreuse pieuvre qui tendait ses tentacules géants vers elle. Océane avait renouvelé son ascension en utilisant une fois de plus son bras lumineux pour remonter lentement vers un autre rocher vingt mètres plus haut.

Les grosses blattes étaient des as de l'escalade, ce qui permit à l'une d'elles de rejoindre la jeune fille en quelques instants.

Océane accéléra l'allure juste à temps pour éviter que l'une des pinces tranchantes ne se referme sur sa cheville. Prenant sur elle et surmontant ses peurs, elle parvint à se réfugier sur un plateau couvert d'une mousse détrempée par le brouillard permanent. Pendant ce temps, un tentacule muni de ventouses pareilles à des dizaines de bouches édentées escaladait la falaise, pour permettre aux autres bras du mollusque de s'occuper de chasser les cafards géants qui retombaient lourdement sur leur carapace bleutée.

Océane grimaça, ne sachant pas très bien à quelle sauce elle préférait être dévorée. Elle était si épuisée qu'elle devenait pessimiste. Ses chances de réussite frôlaient le zéro pourcent. De ce fait, elle se rattacha à son devoir, à ses amis qui comptaient tous sur elle. Sachant qu'elle n'était qu'au début de sa mission, elle savait que le pire restait probablement encore à venir. Comment pouvait-il y avoir pire ? se questionna-t-elle angoissée. L'animal aquatique sortit presque entièrement de l'eau pour s'élancer sur les rochers en émettant des grondements terrifiants qui faisaient trembler la falaise.

Océane passa dessous l'une des multiples chutes d'eaux pour rejoindre un chemin naturel qui en serpentant abruptement, semblait s'enfoncer dans la roche sous la cascade principale. La pieuvre n'avait pas dit son dernier mot non plus. La voilà collée aux parois pour grimper à l'aide de ses tentacules gluants, glissant sur la surface pour tracter son impressionnante masse grise et marron.

Océane s'accrocha à un rebord, se hissa sur un large rocher plat avant de pouvoir s'enfuir en courant sur le petit sentier qui se perdait effectivement derrière la cascade. La vision du poulpe la replongea quelques jours plutôt, dans sa classe. Madame Pompar leur avait montré un film sur les fascinantes facultés des poulpes. Ces animaux étaient capables de passer dans des endroits étroits pour atteindre leur pitance.

Comme elle le présageait, le céphalopode se glissa sous les eaux tumultueuses, se contorsionna entre les concrétions pour apparaître à quelques mètres d'elle. L'adolescente était prise au piège. Sous elle, un vide étourdissant, derrière elle, des tonnes d'eau qui déferlaient avec tant de force qu'elle ne pourrait jamais y trouver refuge. Restait à grimper plus haut, monter vers les arbres, poussant entre des rochers ronds qui n'offriraient guère plus de protection. Juste lui faire gagner du temps avant l'inévitable. L'énorme pieuvre en était arrivée aux mêmes conclusions. Après tout, c'était son terrain de chasse. La créature impatiente claquait déjà son bec dans le vide. Soudain, Océane crut voir du coin de l'œil une masse de la taille du céphalopode passer à toute vitesse.

Cela dura une fraction de seconde, durant laquelle elle regarda le monstre retomber vers le lagon. Il y avait eu un désagréable bruit de succion, les ventouses géantes arrimées aux rochers emportèrent avec elles des fragments de pierre sans rien pouvoir faire pour se retenir.

Océane crut discerner d'abord des écailles, avant de réaliser que Sarzarc l'avait sauvée une fois de plus.

Elle marqua une courte pause puis s'aventura finalement dans les ténèbres de la grotte. Aidée de sa main magique, elle éclaira devant elle jusqu'à découvrir un portail luminescent couvert de bulles de savon de toutes les couleurs. Des formes se détachèrent bientôt des ténèbres.

D'autres monstres, sûrement des êtres de la nuit comme l'avait prévenue le dragon, s'étaient installés ici…

45

Une main tendue.

Océane se retrouvait seule dans le noir, faisant face à une dizaine de monstres qui lui barraient la route en clopinant vers elle. Sarzarc avait sans doute donné sa vie pour l'aider à se sortir des tentacules de la pieuvre. À ce stade, elle ne pouvait plus reculer. Pour lui, pour Clémentine et pour le peuple Androlien, elle devait parvenir à reprendre le cristal d'or. Cette satanée clef qu'elle espérait trouver sans son propriétaire. Elle se devait d'affronter ces créatures antipathiques. Ouvrir le portail de Fernostre et retrouver au cœur des enfers le seul et unique moyen de refermer à jamais le passage reliant ce monde au sien. Elle était prête pour cela, même si elle se demandait ce qui faisait d'elle la meilleure candidate pour cette mission. Elle n'était rien, elle n'avait rien... Voilà que ce simple mot reprenait de l'importance « RIEN ». Combien même elle parviendrait à se défaire des tristes créatures, comment ferait-elle pour ouvrir le portail ? Cela ne devait pas être aussi simple ! ?

Faisant de son mieux pour affronter ses peurs, elle avançait sans faillir, droit sur les bêtes qui grognaient de plus en plus fort. Les babines retroussées, les crocs luisants, les êtres de la nuit resserraient les rangs en reculant pour ne pas être en contact avec la lumière divine qu'émettait Océane et qui perdait lentement de son éclat.

Dans son dos se dessinaient d'autres ombres qui refermaient la marche. Plongée dans le noir, Océane se concentra sur son altération pour redonner de la vigueur à sa lumière. Les bêtes couinaient et grognaient. Certaines claquaient fortement leurs rangées de dents l'une contre l'autre en guise de message. Elle était morte de trouille, pourtant, elle osa encore avancer pour obliger les êtres de la nuit à se séparer et libérer le passage. Devant elle, les bulles de savon disparurent, une lugubre porte en fer, bien plus petite qu'elle ne l'avait imaginée, se dressa face à elle. D'énormes gonds la supportaient et une serrure démesurée la tenait fermée en offrant un trou de la taille d'un poing. Sans attendre, Océane chercha le moyen de l'ouvrir, en poussant de toutes ses forces dans un premier temps, puis en agrippant une partie saillante qu'elle tira de tout son poids. La porte ne bougeait pas d'un cil. Elle leva le bras pour éclairer les attaches et s'aperçut qu'il n'y avait aucune poignée, ou quoi que ce soit qui permît d'ouvrir le passage vers Fernostre.

— Ouvre-toi ! se hasarda-t-elle à ordonner en faisant la moue.

Une vive douleur lui tira un cri perçant.

Trop concentrée sur sa tâche, elle n'avait pas vu une griffe sale venir se planter dans sa cuisse.

Aussitôt, elle repoussa la créature avec sa main magique puis, tremblante, osa un regard sur sa blessure.

Son pantalon était déchiré et du sang ruisselait le long de sa jambe. Des larmes envahirent ses yeux et, la vision troublée, elle tenta de rassembler ses idées pour ouvrir le passage avant de se faire dévorer par les êtres de la nuit qui s'étaient incroyablement rapprochés d'elle. Océane n'arrivait plus à émettre assez de lumière pour les tenir à bonne distance. Pire, la douleur et le venin semblaient jouer sur son altération physique. Son avant-bras prenait des teintes mordorées et s'opacifiait petit à petit pour éteindre sa lumière divine.

— Il ne me manquait plus que ça ! rouspéta-t-elle en se retournant vers la porte pour comprendre son mécanisme.

— Saleté de porte, ouvre-toi !

— Place ta main dans la serrure ! lui indiqua une voix familière.

Océane fit volte-face pour voir se poser à l'entrée de la grotte Éfarel qui brillait comme un soleil.

Les êtres de la nuit tentèrent immédiatement de fuir dans un endroit protecteur, mais c'était sans compter sur le ruban de lumière dévastateur qui courait dans la grotte à la recherche de ses occupants. Il y eut des hurlements sinistres lorsque les corps des créatures se mirent à fumer.

— Mets tout de suite ta main magique dans la serrure, mon ange ! insista Éfarel qui faisait face à présent à des blattes immondes qui avaient fini par crapahuter jusqu'au sommet de la falaise pour tenter leur chance dans la grotte.

L'une d'elle se jeta sur lui en tendant ses pinces meurtrières sur sa gorge. Il tenta de l'éviter, mais ses pieds s'empêtrèrent dans ses longues ailes, et il tomba sur le dos en parant in extremis l'attaque. Il roula sur le côté, frappa le monstre avec son pied pour l'éloigner et regarda sa fille mettre en pratique sa demande.

Océane enfonça sa main jusqu'au coude. Un arc électrique fendit l'air, la frappa à l'épaule et manqua de lui arracher le bras. Elle hurla, tenta de retirer sa main, mais elle réalisa qu'elle n'était plus dans la même position. Le visage face contre terre, affalée de tout son long dans une mare de boue, Océane mit quelques secondes avant de reprendre ses esprits. Elle se releva fébrilement pour pouvoir inspecter son nouvel environnement. Elle se trouvait dans un long couloir aux parois hérissées de pointes de diamants noirs. En se retournant, elle reconnut la lourde porte d'acier. Celle-ci était identique mais à l'envers. Par le trou de la serrure, Océane pouvait, sans peine, distinguer la lumière divine de son père qui se battait vaillamment contre des cafards géants.

Elle hurla son nom par le trou. C'était idiot, elle le savait, mais cela ne l'empêcha pas de recommencer plusieurs fois avant qu'il ne lui ordonne de partir pour accomplir sa mission.

En pleurs, le cœur meurtri, elle colla son front contre l'acier froid, en réalisant ce que cela faisait d'aimer et de perdre quelqu'un. Elle s'éloigna de la porte en serrant son poing de rage, puis se retourna vers le tunnel pour affronter son destin. Sa blessure ne la faisait plus souffrir, elle ne saignait plus. La pauvre enfant, au bord de l'effondrement, leva sa main devant elle. La lumière était constante, vive et se reflétait sur les milliers de facettes brillantes qui l'entouraient.

Elle ne mit pas longtemps avant de trouver un cénote rempli d'eau stagnante. Des dizaines de racines plongeaient dans le gouffre naturel, sûrement pour abreuver des arbres en surface.

Il n'y avait aucun accès, pas le moindre passage ou couloir, pas un seul chemin à part le tunnel qu'elle avait emprunté pour rejoindre cette cavité.

— Tout ça pour ça ? Et je fais quoi maintenant ?

Comme on ne lui répondit pas, Océane s'approcha du bord et, sans réfléchir, les pieds joints, se jeta dans l'eau qu'elle toucha trois mètres plus bas. La distance la fit descendre assez pour découvrir un boyau immergé.

Elle remonta reprendre sa respiration en surface et réalisa que ce qu'elle avait cru être de l'eau n'en était pas. La substance avait tout du liquide, l'aspect et l'impression de flottaison, pourtant ses vêtements n'étaient pas mouillés. Ce n'était ni huileux, ni froid ni chaud. Son contact était plutôt impalpable, sans odeur. Les racines qu'elle avait d'abord cru provenir de la surface, provenaient en fait du reflet en surface. Aucun rhizome, ou bulbe de quelque nature que ce soit, ne traversait l'étrange liquide. Pouvait-elle respirer dessous ? Le doute l'obligea à prendre une profonde inspiration qu'elle maintint pour plonger vers le boyau immergé.

Ses mouvements étaient amples et sans efforts. Chaque brasse la propulsait de plus en plus vite. Le phénomène était grisant, agréable et si l'air ne venait pas à lui manquer elle se serait bien amusée à poursuivre cette expérience. Les joues gonflées, Océane cherchait d'un œil inquiet une sortie. Mais le passage étroit s'étirait sur des centaines de mètres. Un moment, elle hésita à faire demi-tour, puis, sans savoir pourquoi, elle recracha l'air vicié pour se prendre pour un poisson. Son inspiration fut longue et enivrante. Soit elle avait développé des branchies, soit le liquide dans lequel elle nageait n'en était vraiment pas un.

S'abandonnant à sa nouvelle expérience, Océane nagea les yeux grands ouverts jusqu'à repérer dans la pénombre une petite lumière vacillante un peu plus loin.

Elle approchait de son objectif, elle en était persuadée. Et en voyant le passage se rétrécir, elle tenta de ralentir l'allure. C'est à cet instant qu'elle comprit pourquoi c'était si facile de se mouvoir dans cette étrange substance. Pourquoi elle n'avait pas l'impression de subir de résistance. Le vide, le néant l'aspirait dans un courant innocent mais prodigieusement puissant. Il lui serait impossible de revenir en arrière. La pression augmenta lorsqu'elle arriva au bout du boyau. Celui-ci donnait sur une cavité grande comme dix terrains de foot et se perdait dans l'obscurité sans qu'on puisse en voir le bout. Sous elle, un vide, d'au moins cinq ou six cents mètres, laissait le liquide s'évaporer en tombant. Aucune goutte ne trouverait le fond avant d'avoir été pulvérisée par le néant. Océane réalisa qu'elle faisait partie de ces gouttes. Elle n'avait pas d'ailes, aussi son voyage s'achevait-il là. Son cœur se serait arrêté avant qu'elle ne sente le contact avec le sol, s'il y en avait un.

La pression la poussa au travers du goulet et Océane tomba en agitant les bras. Sa main magique s'étira tel un ruban de soie, pour trouver de quoi s'arrimer. Mais il n'y avait rien d'assez près pour cela. À vrai dire, autour d'elle, il n'y avait plus rien, pas de mur, pas de plafond, pas de sol pour le moment. Elle flottait irrémédiablement dans un néant angoissant. Sans fin…

46

Fernostre.

« Alors, c'est ça Fernostre » songea Océane qui flottait dans le vide sans avoir l'impression de tomber.

Le monde qui l'entourait était stérile, ou, s'il ne l'était pas, l'absence de tout laissait une désagréable sensation indéfinissable. Aucune couleur, aucune odeur, rien de palpable, aucun mouvement, pas de son. Tout le contraire de ce qu'elle avait pu entendre sur ce lieu. Il n'y avait pas de diable à la longue queue fourchue, pas de lave incandescente pour vous brûler, pas plus d'âmes perdues en souffrance qui demandent à se repentir de leurs péchés. Seul un silence oppressant nimbé d'une lumière feutrée provenant des minuscules gouttelettes du liquide qui l'avait portée jusqu'ici.

Que faire maintenant ? Elle était coincée dans un monde immatériel et, bientôt, elle serait assimilée par celui-ci si elle ne trouvait pas le moyen d'en repartir au plus vite. Déjà les premiers signes apparaissaient ou plutôt disparaissaient. Océane n'avait pas mis longtemps avant de s'apercevoir, abasourdie, que ses pieds n'existaient plus et que le phénomène s'étendait lentement sur le reste de son corps. Grappillant sans douleur ses jambes pour menacer ses genoux.

Les secondes semblèrent durer des heures et les heures des semaines. Le plus étrange, c'est qu'elle ne paniquait plus. Elle savait comment cela allait finir, ce que cela signifiait, pourtant elle se surprit à ne plus avoir peur. Comme si, d'une certaine façon, elle allait être libérée d'un fardeau trop lourd.

— Bouge-toi, Océane ! s'écria-t-elle pour se donner du cœur à l'ouvrage.

C'est alors qu'une douce et agréable musique s'invita dans sa tête. Océane commença à fermer les yeux. C'était si bon, si doux, si agréable. Seul son cœur venait encore perturber cette langoureuse harmonie. Allez ! Juste une minute puis je ferai quelque chose. Faire quoi ?

— OCÉANE ! lui hurla une voix d'homme. C'était la voix de Roland son tuteur. OCÉANE ! reprit la voix de Marlin.

La pauvre enfant eut un mal fou à rouvrir les yeux. Ils étaient lourds, très lourds, sa volonté lui échappait petit à petit.

Le souvenir du jeune et beau Marlin la fit tressaillir. Son cœur se remit à battre clair et fort. Sa somnolence s'effaça et finalement

Océane reprit la pleine possession de ses facultés mentales.

L'angoisse de l'échec remplaça le plaisir futile de dormir, de ne plus penser à rien.

Un rapide coup d'œil sur ses jambes la fit pâlir. Ses pieds n'étaient plus là, ses jambes et ses cuisses non plus. La ligne remontait jusqu'à sa taille et continuait de dévorer son être. Elle avait envie de toucher ce qui avait disparu, mais la peur que la contamination s'en prenne aussi à ses mains la fit hésiter. Dans une poignée de minutes, il sera trop tard. Tout en réprimant ses pensées les plus sombres quant à son avenir ainsi mutilé, Océane chercha le moyen de repartir. Elle ne cessait de se répéter que ça allait bien se passer, tout en tendant à nouveau sa main magique vers le seul endroit physique de cet éther. Elle s'était beaucoup éloignée de la brèche qui laissait se déverser en continu les tonnes de liquide cristallin qui éclairaient son environnement.

Sur sa droite, encore à bonne distance elle vit venir des corps brumeux qui criaient son nom. Ils paraissaient très en colère qu'elle ne soit plus sous l'influence de leur monde. Ses doigts, sa main, son bras s'étirèrent à l'infini. Le reste de son corps disparaissait de plus en plus vite. Elle était tronçonnée au niveau du ventre. Alors qu'elle avait peur et qu'elle s'apprêtait à retenir bêtement sa respiration, pour la première fois depuis longtemps, elle sentit un contact fugace. Elle regarda au-dessus d'elle et comprit que sa lumière céleste avait fini par s'agripper au rebord de la faille.

Les spectres arrivaient vite. Dans peu de temps, soit elle serait digérée par l'éther, soit ils l'attraperaient. Usant de son altération, Océane se tracta péniblement vers le passage qui laissait les eaux mystérieuses se perdre dans le néant. À mesure que son bras s'épaississait, elle prenait des forces. À ce stade, elle n'arrivait pas à distancer les spectres qui luttaient contre l'attraction de leur monde. Le trou n'était plus qu'à une vingtaine de mètres, les esprits maléfiques s'étaient encore rapprochés.

Puis l'espoir la quitta. Elle sentit leurs longs doigts froids se poser sur ses épaules. Une haleine macabre chuchotant à son oreille manqua de la faire s'évanouir.

Son autre main réussit à se cramponner à un minuscule rocher enfoui dans le plafond. Elle se hissa de toutes ses forces alors que les spectres la tiraient en arrière. Ils étaient plus terrifiants que forts. Leur force physique s'apparentait à des bourrasques de vents que la jeune fille parvenait à contrer facilement.

Malgré tout, cela ne suffit pas. Sans l'aide de ses jambes pour s'accrocher au rebord, subitement envahie par la fatigue accumulée depuis son séjour sur Androlia, Océane finit par partir en arrière en gardant dans sa main le minuscule caillou qui se mit à briller de mille feux.

Les spectres la tirèrent inexorablement vers le fond tandis qu'elle prenait le temps de comprendre pourquoi le caillou brillait dans la pénombre.

En le portant à ses yeux, Océane découvrit que le caillou avait une forme géométrique parfaite. Une partie était un beau cristal ou un diamant, et l'autre était constituée d'or lisse qui s'enroulait autour de la pierre précieuse pour former un trèfle à quatre feuilles.

« C'est bien ma veine, j'ai retrouvé la clef mais jamais je ne pourrai ressortir d'ici vivante. »

Un vent glacial agita ses cheveux, alors que le phénomène d'effacement avait atteint sa poitrine.

« Si je ne peux pas sortir, d'autres viendront peut-être tenter leur chance. Il faut que je puisse la placer à la vue avant qu'ils ne tombent ici » se dit-elle en étirant son bras magique pour porter la clef dans la faille. Plus son bras s'allongeait, plus elle s'éloignait. Les spectres la tiraient en arrière mais Océane luttait jusqu'à ce qu'il ne lui reste plus que son bras magique, son épaule et sa tête.

Finalement, l'effacement de sa personne atteignit le rebord magique de son coude, puis Océane ne vit plus rien.

— Pardon ! s'écria-elle avant qu'il ne soit trop tard.

47

Clef-mense.

Le ciel était orangé, de la brume verte tapissait le sol et glissait sur les rochers marron couverts de terreau noir. Des restes de murs d'un autre temps, d'une civilisation autrefois prospère, accueillaient Océane qui s'était réveillée sur des marches délabrées.

Elle se sentait un peu groggy, légère. Sa vision plus nette et beaucoup plus lumineuse lui permit de jauger les lieux. Elle s'assura qu'elle était hors de danger avant de se souvenir qu'elle avait été dissoute par l'éther de Fernostre. Elle regarda ses mains et l'une comme l'autre brillait d'une belle et agréable lumière. Mais ce n'était pas les seules, tout le reste de son corps s'était transformé en être de lumière. Elle pensa se relever et son corps s'éleva sans effort.

« Je suis morte, c'est ça ? »

— Tu devrais l'être en effet ! corrigea une voix féminine qui semblait avoir lu dans ses pensées.

Océane se retourna, mais il n'y avait personne. Elle tourna encore, regarda au-dessus d'elle, puis inspecta à ses pieds la belle clef de cristal.

— Nooonn !

— Qu'y a-t-il de si difficile à croire ? demanda la clef.

— Je parle avec une clef ! se désola Océane. Je suis devenue folle.

— Pas le moins du monde ! réfuta la clef. Tu as de la chance d'avoir du sang magique. Sans quoi nous serions mortes à jamais !

— Une clef ne peut pas mourir ! indiqua l'enfant.

— Au fond de Fernostre, le résultat revient au même ! signala l'objet magique. Mais grâce à ta constitution particulière, tu as pu provisoirement séjourner dans l'antichambre.

— Comment en ressort-on ?

C'est alors qu'un être de la taille d'un ours, couvert de poil noir et gris fit son entrée.

— Bonjour, jeune lumière, je suis le gardien des lieux. Je peux faire en sorte que toi ou la clef retourniez chez vous. Je vais te poser une seule question. En fonction de ta réponse, je t'accorderai ou non la possibilité de rentrer chez toi.

— Je n'ai pas de chez moi, le coupa-t-elle. Je suis venue uniquement pour retrouver la clef qui refermera le portail magique. Si je réponds correctement à votre question et que seule l'une d'entre nous peut repartir, j'aimerais plutôt que cette clef retourne dans sa serrure.

— Et tu resterais ici à sa place sans faire d'histoires ?

— Je vous en donne ma parole !

— Bien ! apprécia l'inconnu.

— J'espère que ce ne sera pas trop difficile... Je ne suis qu'une enfant, vous savez... Je ne connais pas tout et j'ai raté quelques cours, alors soyez indulgent avec votre question.

Le monstre se mit à rire aux éclats.

— Tu ne crains pas que tes amis te manquent ?

— Facile comme question. Bien sûr qu'ils vont me manquer.

— Et cela ne te fait rien qu'ils souffrent de ta disparition ?

— Ça fait deux questions ! prévint l'enfant qui avait peur de mal répondre. Ils seront tristes, sans aucun doute, mais Clémentine restera en vie et Marlin trouvera une Androlienne pour faire sa vie.

Le monstre se gratta le menton, pensif. Il la toisa de toute sa hauteur.

— Ton père sera triste aussi ! releva celui-ci.

— Pardonnez mon impolitesse, mais... Mais, j'ai l'impression que vous trichez. Vous aviez dit que vous me poseriez une seule question. Et qu'à l'issue de ma réponse vous accorderiez ce que j'ai demandé.

— Quelle requête, Océane ?

— Que la clef retrouve sa place dans le portail.

— Je ne peux malheureusement pas accéder à ta requête. Mon seul pouvoir, c'est d'ouvrir ce passage.

Océane le fixa avec un regard rempli d'interrogation. Surtout lorsqu'il s'éloigna pour passer sa patte au-dessus d'un cercle en tout point pareil à un puits. Au centre, Océane vit s'entortiller des volutes de fumées qui s'étirèrent vers elle.

— Je te félicite ! reprit la créature en disparaissant comme par enchantement.

— Où allez-vous ? Je suis censée faire quoi ?

Depuis les fines fumées, la jeune fille regarda se former un épais brouillard. Elle recula promptement mais le phénomène l'avala pour la faire passer au travers du cercle qui crépita comme des dizaines de pétards d'un quatorze juillet.

— Donner ta vie pour les autres est un acte d'une grande sagesse, Océane. Non seulement la clef repartira d'ici mais je fais de toi la gardienne du cristal magique ! divulgua la voix perdue dans le brouillard.

— Je ne suis pas sûre que les Magicantes le voient du même œil ! rétorqua l'adolescente.

— À toi de les convaincre, dans ce cas !

Océane aurait voulu protester, mais son organisme se dilua dans le brouillard et elle perdit une nouvelle fois connaissance.

48

Double identité.

Le soleil était haut dans le ciel. De petits nuages épars survolaient la pauvre enfant qui se trouvait allongée sur le dos, en bord de rivière, les jambes dans l'eau. Elle s'éveilla lentement. La tête lui tournait et une migraine menaçait de gâcher ses prochaines heures. Océane avait mal un peu partout, avait froid, faim et était, par-dessus tout, assoiffée. Complètement courbaturée, envahie par la fatigue, elle commença par s'asseoir pour retrouver son équilibre. Ses yeux vagabondèrent sur les vaguelettes de la rivière. Une brise légère la fit trembloter. Elle sortit les pieds de l'eau et réalisa, médusée, que sa transformation en être de lumière n'était plus qu'un vague souvenir. L'avait-elle seulement inventée ?

La douloureuse pensée de son passage dans le monde de Fernostre, son impuissance avant sa rencontre avec le gardien de l'antichambre, était bien trop réelle, tout comme le fait qu'elle soit à présent aussi nue qu'un ver.

Cet état de fait la fit sursauter puis elle se rassembla sur elle-même pour cacher son intimité.

Le souvenir des attaques répétées des cafards, de la pieuvre, des êtres de la nuit, cet étrange liquide dans lequel elle avait baigné... Et à présent, elle était là, seule en bord de rivière. Elle avait donc tout rêvé ! ? ! C'était impossible, elle gardait bien trop de détails sur son passage à Fernostre. Et le fait d'être nue corroborait son assimilation dans l'éther.

Un rapide coup d'œil à droite et à gauche la rassura un peu. Elle était au beau milieu de nulle part. Et personne ne semblait vivre dans ce coin.

« La honte... Me voilà bien... Je suis perdue et les enfers m'ont volé mes vêtements »

— La clef ! ? paniqua-t-elle.

Oubliant un instant son incommodante situation, Océane se leva pour chercher ce pour quoi elle avait tout risqué.

Elle fouilla dans l'herbe épaisse sur une dizaine de mètres de son point de chute puis revint vers la rivière en espérant qu'elle ne l'avait pas perdue dans le courant. Un petit scintillement attira son œil inquiet. Elle s'en approcha et trouva sous la surface, à peine immergée, la clef d'or sertie de cristal entre deux galets.

En la ramassant, Océane réalisa que ses deux mains étaient identiques, humaines et que la clef ne s'adressait plus à elle. Une bien triste réalité finalement, car elle perdait la seule chose qui la rapprochait de son père. Alors que, d'une autre manière, elle pourrait retrouver le monde des humains sans avoir à cacher son altération. Elle ne savait pas trop comment réagir. Que ce soit ou non une bonne nouvelle, dans ce monde, elle perdait un avantage bien utile.

Elle inspecta, dans le creux de sa main, la minuscule clef magique en se demandant à quoi pouvait bien ressembler la serrure.

Elle se cacha la poitrine, fit un nouveau tour d'horizon avant de se décider à remonter le courant pour retrouver son père et espérer le voir sain et sauf.

Quelle ironie... l'éther de Fernostre, en révélant sa vraie nature d'être de lumière, lui avait volé d'abord ses vêtements pour la rendre au monde des vivants, nue et sans aucun pouvoir.

Sans chaussures à ses pieds, Océane comprit qu'elle n'irait pas bien loin. Marcher en bord de rivière restait sa meilleure option. Elle s'était essayée dans l'herbe mais les piquants qui se cachaient au fond rendaient son expédition impossible. Sur sa droite s'étirait une magnifique prairie couverte de fleurs, principalement jaune citron, entrecoupée de petits arbres aux feuillages rouge coquelicot. Il devenait évident que sa première préoccupation serait de mettre la main sur des vêtements. Sans cela, elle n'irait pas bien loin.

Comme elle aurait aimé que ce ne soit qu'un mauvais rêve. Qu'elle allait se réveiller d'une seconde à l'autre.

Au lieu de ça, elle contempla un papillon de la taille d'un planeur qui passait paresseusement au-dessus de sa tête en agitant ses impressionnantes voilures orange et bleues.

Elle savait qu'il lui restait juste à retourner au portail pour replacer la clef dedans, mais toutes ses pensées appartenaient à ce monde, à Marlin et à Éfarel, son père qui lui avait sauvé plusieurs fois la vie. Elle devait le retrouver. C'était indispensable.

Par moments, elle croisa des morceaux de bois flottant au gré des courants. Et chaque fois, elle envisageait de grimper dessus pour rallier un village en aval. Sauf qu'elle ne pouvait se résoudre à abandonner son père. L'imaginant blessé, à l'agonie, sur le point d'être dévoré par les monstres qui pullulaient dans le coin.

Les images étaient si horribles qu'elle accéléra le pas en soutenant bravement l'allure sur un terrain aussi accidenté, alors qu'elle était pieds nus. Les dents serrées elle fulmina de ne pouvoir courir. Et plus elle marchait, moins elle était sûre de suivre la rivière qui abritait la pieuvre géante. Le doute la minait petit à petit, elle se demandait si elle allait bien en direction de la grotte de Fernostre. Sans quoi, jamais elle ne retrouverait Éfarel. Plus les idées affluaient, plus il devenait urgent qu'elle trouve le moyen de se déplacer autrement. Voler sur un papillon... Voler... Voilà une idée. Animée d'une nouvelle énergie, Océane se mit à courir sans savoir pourquoi. Ses pieds s'écorchèrent sur les galets parfois tranchants. Plus d'une fois, elle termina dans le tumulte de la rivière après avoir ripé sur un rocher. Qu'est-ce que pouvaient être trois ou quatre plaies et un peu de peau râpée face au supplice que devait subir son père ?

La clef fermement enfouie dans le creux de sa main, Océane prenait de plus en plus de vitesse, comme si les meurtrissures de ses pieds ne l'affectaient plus.

Étrangement, la perception des couleurs qui l'entourait s'altéra et, bientôt, tout devint argenté avec des nuances de gris plus ou moins soutenu.

« Que m'arrive-t-il encore ? »

Ses pieds survolaient les galets avec une agilité croissante. Le poids qu'exerçait l'attraction terrestre s'effaçait et, soudain, alors qu'une paire d'ailes célestes se dessinait dans son dos, Océane prit de la hauteur. Elle ouvrit de grands yeux en se voyant passer majestueusement au-dessus des flots pour foncer vers des arbres touffus en lisière de forêt.

Après quelques injures et des ho, ho, ho… et des, non, non, non…, actionnant furieusement ses nouvelles ailes toutes fraîches, Océane, dans sa forme céleste, termina cette agréable expérience dans les branches tendres d'un acacia, qu'elle traversa en trombe pour retomber dans une clairière en arrachant sur son passage des feuilles et des brindilles de bois. Le sol arriva à toute allure… et malgré ses efforts, de vol en rase-mottes, elle percuta un monticule de terre pour rebondir et s'écraser dans un petit arbuste aux larges branches. Les pieds en l'air, la tête à l'envers, Océane regarda son corps se transformer à nouveau en celui d'une humaine. Elle palpa méthodiquement son corps et ne décela aucune fracture, aucune douleur ne la faisait hurler. Elle s'assura alors d'être toujours en détention de la clef, miraculeusement plaquée dans le creux de sa main. Soudain, elle s'aperçut que ses pieds étaient guéris. Il n'y avait même pas de cicatrices. Un large sourire se dessina sur ses lèvres, puis elle pouffa de rire avant que cela ne devienne un défouloir total et incontrôlable. Tout en riant bêtement, elle se remémora cette expérience magique. Elle pouvait voler et, par-dessus tout, comprenait que son père ne risquait rien. Elle avait fait une chute terrible dans son apparence divine et ne s'était rien cassé. Son père avait survécu à son affrontement avec les cafards géants. Voilà une bonne nouvelle, se dit-elle.

Quand enfin elle cessa de rire, le soleil était passé derrière la cime des arbres. Le froid avait envahi les sous-bois et marqua les premières heures de la nuit à venir.

Tout en s'époussetant, Océane chercha à réitérer sa performance. De petites étincelles crépitèrent à la surface de son corps. Ses doigts s'illuminèrent puis un petit bruit ridicule chassa les restes de lumière qui avaient consumé ses doigts. Avait-elle épuisé son don ?

L'obscurité arrivait à grands pas. Le temps pressait pour qu'elle trouve un abri convenable.

Dans les feuillages, Océane perçut du mouvement. Puis des grognements sinistres montèrent tout autour de la zone du crash.

Un rapide coup d'œil circulaire lui indiqua qu'elle était sur le point de faire une mauvaise, non, une très mauvaise rencontre. Elle n'avait rien pour se défendre, rien pour cacher sa nudité et personne pour lui venir en aide. Son salut serait de prendre les airs. L'instant était mal choisi pour échouer, elle était si près du but. Elle se concentra sur son altération, mais il semblait vraiment qu'elle n'ait plus aucun pouvoir. Les bêtes approchaient, osant se mettre à découvert pour menacer l'adolescente qui prenait son élan pour essayer de s'envoler.

Les créatures étaient énormes, poilues. Elles devaient être aussi grosses que des lions, peut-être plus. Les grognements se firent plus présents dans son dos et, cette fois, il ne faisait plus aucun doute qu'ils étaient là pour la dévorer.

La pauvre enfant fut obligée de s'arrêter de courir, au risque de se jeter dans la gueule des loups qui l'avaient encerclée. Elle tourna sur elle-même cherchant une solution impossible à trouver dans pareille situation. Dans les derniers rais de lumière, Océane regarda, sans défense, un loup sortir de la meute.

— J'ai trouvé la clef magique ! cria-t-elle en espérant avoir à faire aux Magicantes.

L'immense créature qui lui faisait face s'approcha d'elle en la menaçant de ses crocs redoutables. Sa proie ne pouvait plus reculer. Prise au piège, elle répéta en boucle qu'elle avait retrouvé la clef, et qu'elle avait été désignée pour en être la gardienne.

49

Une serrure inattendue.

La nuit posait ses bras tentaculaires sur la rivière et la forêt attenante.

Océane était prise au piège, pourtant elle ne montra pas sa peur, mieux encore, elle soutenait leur regard sanguinaire en insistant sur le point qu'elle était devenue la gardienne de la clef et qu'ils devaient la laisser passer. Mais la horde de loups n'en avait que faire. Doucement, ils refermaient le cercle pour s'approcher dangereusement de l'humaine sans défense. Ils faisaient le dos rond, grognaient en relevant leurs babines. Leurs crocs, dégoulinant de bave, dépassaient les babines retroussées. Les museaux fripés, les loups se mirent à japper bruyamment. Toute personne normalement constituée se serait pétrifiée de peur, voire même aurait trempé son pantalon, mais Océane garda sa position en attendant son heure. Leur comportement n'avait rien à voir avec celui des Magicantes. Encore qu'elle n'avait que peu d'expérience dans ce domaine. N'ayant aucune autre perspective de fuir, elle insista sur le fait d'être la gardienne de la clef et qu'ils devaient l'aider à refermer le passage.

Le plus proche se tapit sur ses pattes avant, signe d'une imminente attaque. Il aboya et, enfin, bondit la gueule grande ouverte. Cette fois Océane cria, mais déjà les mâchoires s'étaient refermées sur son avant-bras chétif. Les canines percèrent sa peau tendre, déchirèrent ses muscles pour s'enfoncer dans son os. La pauvre fille hurla en tirant en arrière, cherchant à reprendre son bras tenu dans un étau d'acier. Un autre loup plus sournois la mordit à la cuisse pendant qu'un autre se saisissait de sa jambe.

« Ce passage devrait être censuré » imagina-t-elle dans son délire de raconter un jour ses aventures à ses enfants, comme le lui avait proposé Clémentine.

La souffrance manqua de lui faire perdre connaissance. Des larmes inondèrent ses yeux lorsqu'elle demanda pitié. Ils allaient la mettre en pièces. Ce n'était qu'une question de secondes. En serrant ses poings pour supporter la souffrance, Océane sentit les extrémités pointues de la clef d'or s'enfoncer dans sa paume. Les paroles du gardien de Fernostre résonnèrent dans sa tête comme un écho. Une vague de colère la submergea et, soudain, elle n'avait plus mal. Son visage se durcit, ses muscles se crispèrent, son cœur cogna comme des tambours de guerre.

— J'ai été nommée gardienne de la clef ! éructa-t-elle en tirant violemment son bras en arrière.

Le geste était si brusque que le loup n'eut d'autre choix que de la lâcher. Ses crocs créèrent de profondes entailles tout le long de son avant-bras jusqu'au poignet. Mais Océane ne ressentait plus vraiment la douleur. D'une certaine manière, c'était devenu sa source de vitalité. Elle leva sa main valide et asséna un prodigieux coup de poing sur la truffe du loup qui lui labourait encore la cuisse. L'animal se secoua la tête, s'ébroua le corps, éternua plusieurs fois en reculant instinctivement pour ne pas recevoir un autre coup.

— Lâche-moi ! gronda l'adolescente d'une voix puissante.

Mais le dernier loup s'entêtait à serrer de plus en plus fort ses mâchoires. Des filets de sang ruisselaient le long de sa jambe. Océane plaça sa main sur le museau de l'animal et enfonça ses doigts de part et d'autre pour tirer de toutes ses forces sur le nez. Le loup gémit, mais Océane ajouta une pression supplémentaire sur le museau pour le lui broyer. La meute recula imperceptiblement alors qu'une douce lumière remplaçait les écoulements de sang. Les entailles se refermaient à vue d'œil et le corps d'Océane s'illumina. À cet instant, elle n'était plus cette jeune humaine discrète, sans histoire et sans défense. Elle était devenue une guerrière au corps phosphorescent qui ne cessait de monter en puissance à mesure que sa rage la consumait. Aidée par la magie qui l'habitait, Océane se jeta sans réfléchir sur le loup le plus proche pour lui mordre l'oreille par surprise.

La bête avait beau se débattre, l'enfant était indécrochable. Aussi efficace que la ventouse d'une bernique accrochée à un rocher.

Les loups reculèrent encore, mais trop tard, Océane avait eu le temps de rattraper le mâle alpha pour lui asséner une magistrale baffe qui l'envoya mordre la poussière. Les autres allaient lui porter secours, mais c'était sans compter sur la célérité soudaine de l'humaine qui s'était déjà cramponnée à lui, pour le mordre au museau de toutes ses forces. Le loup hurla à la mort, se débattit pour se défaire de la jeune être de lumière. Le reste de la meute ne réussit qu'à l'énerver davantage, prenant des coups de pied mal placés à chaque fois qu'ils la chargeaient. Elle était devenue une véritable furie, ses coups pleuvaient sans discontinuer.

Lorsqu'un loup pensait avoir le dessus, un mur invisible le repoussait sans ménagement.

Océane tapait dans tous les sens sans se fatiguer. Le loup alpha gémissait et griffait le sol pour espérer s'extraire de la poigne de fer de l'humaine. Sa lumière devenait aveuglante.

— Arrête ! ordonna une voix de femme.

— Arrête ! répéta celle-ci sur un ton grave.

— Arrête ! insistait son interlocutrice.

Océane finit par se calmer, le loup ne bougeait plus.

— Arrête, Océane !

Cette fois, la voix perça le brouillard émotionnel dans lequel elle s'était réfugiée. Une once de lucidité la fit relever la tête, laissant pour l'instant la colère guider ses gestes.

— C'est fini, Océane ! assura la voix féminine qui la voyait cramponnée à la gorge du loup presque inconscient.

— C'est fini, pitié, laisse le tranquille ! supplia la louve. Tu as prouvé ta valeur, Océane !

Les autres loups prirent peu à peu une apparence elfique pour prouver qu'elle n'était plus en danger. Faisant de leurs poils de longs cheveux noirs et de leur peau de magnifiques tuniques vaporeuses qui couvraient à présent leur corps longiligne.

Le loup alpha était lui aussi devenu un grand elfe. Sa tunique qui couvrait ses blessures prenait des teintes inquiétantes.

— Nous devions nous assurer que tu étais à la hauteur des attentes de Lotars.

Océane perdit peu à peu de son intensité, laissant à présent entrevoir ses courbes humaines.

— Pardon, Océane d'avoir été si durs, mais tu devais révéler ton vrai pouvoir, continuait la grande elfe qui semblait avoir atteint sa forme humaine.

La jeune fille s'éteignit et se retrouva à nouveau nue sans la moindre blessure.

Elle respirait goulûment, et ses muscles n'arrivaient pas à se détendre.

— Il n'y avait pas d'autre moyen ? lâcha-t-elle finalement.

— Tu n'avais pas suffisamment confiance en toi, Océane. Ton premier vol aurait dû te porter jusqu'à ton père, mais ta part humaine t'avait fait perdre tes capacités.

— C'était une première expérience ! la rabroua-t-elle, avec amertume. Vous auriez pu tout aussi bien m'accompagner. J'aurais fini par y croire !

— Là n'est pas le problème, mon enfant. Nous devions aussi être certains que tu serais en mesure d'employer les grands moyens pour défendre la clef. Tuer s'il le faut !

— Je n'aime pas cette idée ! riposta Océane. Je préférerais que vous repreniez la clef et que vous désigniez quelqu'un d'autre !

— Nous n'avons pas le pouvoir de Lotars, Océane. Il t'a choisie et tu devras t'en montrer digne.

— Lotars ?

— Tu l'as rencontré dans l'antichambre de Fernostre. Il est le protecteur des morts.

— Je me rappelle, c'est lui qui m'a permis de ressortir ! ajouta-t-elle. Mais il ne m'a pas dit en quoi consistait ce rôle.

— Tu as juste besoin de vivre ! déclara une voix familière.

Marlin se tenait dans son dos. Il paraissait exténué. Probablement avait-il couru pour la rejoindre. Il était seul, Quork et Clémentine n'étaient pas là.

— Téogral a tué l'ancien gardien pour lui subtiliser la clef. Grâce à la magie de la clef, il pouvait duper les humains mais aussi les androliens pour entasser des richesses dans les grottes de Kadjen.

— Avec mes capacités d'être de lumière, je suis devenue invulnérable ! affirma Océane.

— Oui, ton côté céleste dans ce monde te procure de grands pouvoirs, mais dans ton monde, tu perdras cette altération. Tu devras vivre ici pour conserver cet avantage et protéger la clef du portail.

— Je veux retourner chez moi ! s'opposa-t-elle.

— Tu es libre de faire ce que tu veux, Océane ! avoua Marlin en s'approchant d'elle pour lui soulever les mains. Regarde ! proposa-t-il en lui montrant ses paumes vides.

— Où est-elle ? paniqua la jeune fille. J'ai déjà perdu la clef ! ?

— Noooon ! souffla celui-ci avec douceur. Elle est en toi maintenant.

— J'ai peur de ne pas comprendre ?

— Tu as assimilé la clef. À présent, tu peux décider de fermer ou non le portail juste en le traversant.

— Tu veux dire que je suis la serrure ? comprit-elle, abasourdie.

Le garçon rit de bon cœur, rapidement suivi par le reste des Magicantes, curieusement moins féroces dans leur forme elfique.

Depuis le ciel sombre, Océane vit descendre trois êtres de lumière. Deux d'entre eux brandissaient de longues lances alors que le troisième, son père, tenait un voile fin sous son bras.

Éfarel se posa devant sa fille et lui tendit la tenue.

— Tu devrais mettre ça, mon ange.

Océane, se souvenant qu'elle ne portait aucun vêtement, se raidit brusquement. D'un geste rapide, elle attrapa la tunique et se couvrit prestement.

— Il fait trop noir pour voir quoi que ce soit ! la rassura Marlin en riant.

Elle lui envoya un coup de poing dans l'épaule puis éclata de rire nerveusement.

50

Langage du cœur.

Les branches craquaient, le vent sifflait entre les arbres, le murmure sourd de la rivière à quelques pas de là avait fini par endormir Océane qui s'était allongée près de Marlin. Pendant ce temps, les Magicantes veillaient d'un œil perçant et d'une oreille sensible. Il n'était pas rare de voir des êtres de la nuit dans la région. Des grottes et des bois denses leur offraient de bonnes protections pendant la journée. Mais ce qui les rendait nerveux, c'était les cafards géants qui rôdaient en bord de rivière. Ils étaient sanguinaires et très déterminés. Océane dans leurs pattes ne survivrait pas deux minutes. Ils savaient comment faire mal et n'auraient aucune difficulté à trancher la tête de la jeune humaine avec leur appendice dissimulé sous leur carapace.

Le jeune elfe regardait tendrement son amie. Il savait qu'au petit jour elle rentrerait chez elle. Et qu'il ne la reverrait peut-être plus jamais.

Éfarel profita de la lueur de l'aube pour s'élever au-dessus des bois et scruter les environs. Son côté être de lumière le prémunissait normalement de toutes les souffrances. Pourtant, il se sentait accablé. Sa fille allait retourner dans son monde, pour vivre une vie d'humaine. C'était apparemment son choix, elle l'avait clairement annoncé. Androlia lui en avait fait baver. La voir quitter son monde serait peut-être une bonne chose après tout.

Depuis le nord, il vit arriver Sarzarc avec sur son dos Quork et Clémentine, qu'il était reparti chercher dans son royaume.

Le grand dragon piqua vers le sol puis se posa lourdement dans la clairière.

Océane sursauta d'abord, avant de plisser ses yeux trop fatigués. Elle battit des paupières et, finalement, s'arracha de force à la douce quiétude qui l'avait enveloppée cette nuit.

Clémentine lui fit signe de monter et elle s'exécuta après avoir saisi la main de Marlin qui rougit.

— On rentre chez nous ! s'excita la jeune horticultrice.

— Je suis aussi ravie de te revoir Clémentine ! signala Océane en bâillant.

— Pardon, Océane, mais je suis si heureuse que nous ne soyons plus en danger ! ajouta son amie qui continuait de regarder nerveusement les Magicantes postés en sentinelle.

Océane grimpa le long de la patte du dragon pour rejoindre Clémentine et Quork.

— Tu es de plus en plus beau, Quork !

— Bonjour Océane ! répondit joyeusement l'hybride qui s'était transformé en un beau garçon de bois à la peau verte.

— Tu ressembles au géant vert de mon monde ! signala-t-elle en lui tapotant l'épaule musclée. Tu vas faire craquer toutes les filles d'Androlia.

Mais alors qu'il aurait dû se réjouir, lui sourire pour le compliment, Quork laissa perler de grosses larmes sur ses joues.

— Je ne veux pas te perdre ! lâcha-t-il subitement.

Elle lui sourit tendrement et changea de sujet en s'adressant à Sarzarc pour ne pas se laisser submerger par ses émotions.

— Merci Sarzarc pour ton aide, merci papa de m'avoir permis d'entrer à Fernostre. Sans vous tous, je n'aurais rien pu faire.

Le dragon se redressa sur ses pattes et battit frénétiquement des ailes pour s'arracher au sol. En quelques mouvements, il atteignit une hauteur suffisante pour prendre un cap.

Les êtres de lumières sur ses talons, le dragon filait à toute vitesse vers le sud-ouest. Ils cohabitèrent un temps avec les papillons géants, puis survolèrent le royaume des êtres de la nuit en traversant de gros nuages noirs chargés de pluie. Le soleil revint et la vue idyllique des champs de cultures des lutins jardiniers gonfla le moral des troupes qui voyaient arriver à grands coups d'aile la fin de leur voyage.

Clémentine profita de l'instant pour montrer du doigt à son amie le lac Amour et, un peu plus bas, la forêt des arbres chanteurs. Les deux filles souriaient de bonheur. Une part d'elles voulait que jamais cet instant ne s'arrête.

Quork et Marlin se regardaient en silence. Profitant à leur manière de la présence des humaines avant qu'elles ne rentrent chez elles.

En fin d'après-midi, ils arrivèrent à la lisière d'une magnifique forêt. Entre deux chênes-lièges était construit un édifice en arc-de-cercle, fait de bulles de cristal. Depuis le ciel, les filles purent apprécier sa géométrie parfaite, restant fascinées par les éclats multicolores qui s'en dégageaient. Il était si grand, si beau, qu'elles se demandèrent comment elles avaient pu passer au travers sans le voir, le premier jour de leur arrivée sur Androlia.

Lorsque le dragon se posa devant, Ebréelle apparut dans sa tunique blanche pour les recevoir.

— Bonjour, jeunes filles. Vous voici donc rendues à la fin de votre voyage chez nous.

Sarzarc plaça sa patte de manière à former un toboggan sur lequel elles glissèrent jusqu'au sol.

— Bonjour, grand sage ! commença Clémentine.

Océane s'approcha du magicien pour le prendre dans ses bras en se voûtant pour être à sa hauteur.

— Merci, maître Ebréelle ! chuchota la jeune fille.

À la grande surprise de tous, il la serra dans ses bras et lui déposa un baiser muet sur le front.

— Merci à toi, Océane.

— Je ne sais pas comment dire adieu à mes amis ! lui avoua-t-elle à voix basse.

— Inutile de leur dire adieu. Un jour tu reviendras de ton propre gré.

— Vous pensez ?

— Je l'ai vu ! lui confia-t-il à l'oreille.

— Et vous pourrez alors me dire pourquoi vous changez d'apparence ! ?

Il rit en dévoilant ses belles dents blanches alors qu'elle le regardait silencieusement. Puis il la repoussa gentiment et lui fit un clin d'œil.

— Dehors, vos familles ont déclaré votre disparition, énonça-t-il. La police vous cherche partout. Dites simplement que vous vous êtes perdues dans les bois et que vous avez fini par tomber dans une fosse naturelle un peu plus au nord. Vous devez votre salut à un passant qui vous a entendues appeler à l'aide.

— Vous pensez qu'ils vont nous croire après plus de dix jours ?

— Le temps ici passe plus vite, Océane. Vous n'êtes parties que depuis deux jours.

— Cela veut dire que...

— Nous vivons beaucoup plus longtemps aussi, ma fille ! la rassura Éfarel en venant la prendre dans ses bras.

Le grand sage se plaça devant le portail et expliqua que, pour retrouver l'entrée, elle devrait s'en remettre au pouvoir de la clef.

Marlin était resté en retrait, regardant tristement ses amies s'éloigner.

Océane se posta devant le seuil, se retourna vers lui et l'invita à s'approcher.

Les joues rouges de honte, le cœur battant à cent à l'heure, Marlin s'avança d'un pas léger pour cacher ses sentiments.

— Faites attention à vous, Océane. J'ai été très heureux de vous rencontrer.

La terre trembla et les filles virent des géants de bois arriver en courant.

De la poussière s'éleva mais elles purent voir la main du géant se poser devant elle. Dans sa paume, Beaupoid leur souriait.

— Vous ne comptiez pas partir sans me dire au revoir ?

Les enfants se prirent dans les bras, des larmes de tristesse, mais aussi de joie avaient envahi les yeux de tous. Un korrigan avait accompagné les géants de bois. La créature descendit à son tour de la main en se rapprochant des filles.

— Maître Ebréelle m'a demandé de vous porter ça. Je pense que ce sera à votre taille ! déclara la créature.

— Des habits d'humain. Comment ?

— Certains d'entre nous ont fait des affaires avec ceux de votre monde.

— Merci ! lança Océane en enfilant un pantalon trop grand, une veste déchirée et des baskets de première génération. Il faudra se tenir à carreau maintenant ! ordonna-t-elle. Ce que vous avez fait n'est pas bien du tout !

— Nous ne sommes pas tous comme ça ! affirma le korrigan un peu vexé.

— Je l'espère ! corrigea-t-elle alors que Clémentine lui attrapait la main pour l'attirer vers le portail.

— On ne vous oubliera jamais ! affirma la jeune horticultrice, complètement anéantie, en regardant Quork.

51

À réception troublante, vie accomplie.

Le temps qu'ils se disent tous au revoir, la nuit cherchait déjà à les envelopper de son long manteau sombre.

— Je crois que je ne m'y ferai jamais ! avoua Clémentine en passant la première.

Océane regarda les lèvres de Marlin qui sans un son lui disait quelque chose.

Elle fronça les sourcils pour comprendre ce qu'il avait voulu lui dire jusqu'à pouvoir décrypter le message.

« Je t'aime » semblait-il avoir dit.

Le visage d'Océane s'illumina et un instant elle hésita à partir. Son corps au contact du portail s'illumina comme une ampoule de six cents watts.

Lorsqu'elle voulut faire machine arrière, elle était déjà de l'autre côté. Le portail s'était enfin refermé et dans son dos la seule chose qu'elle pouvait voir c'était une immense forêt profonde qui avait remplacé ses amis et les paysages féeriques d'Androlia. Son corps était redevenu celui d'une simple humaine. Le moral meurtri, elle chercha le réconfort de

Clémentine qui se tenait devant elle en pleurant toutes les larmes de son corps.

— Pourquoi ne restes-tu pas ? Ta vie sur Androlia serait merveilleuse. Tu m'as dit toi-même que tes tuteurs se moquaient éperdument de toi.

— Mais je ne veux pas perdre ma meilleure amie ! signala tristement Océane que l'émotion fit taire.

Elles se prirent dans les bras, le doute ayant créé en elles un sentiment de culpabilité.

Elles coupèrent à travers bois durant une bonne demi-heure et tombèrent sur un étang gelé.

— Le voilà, ton lac ! clama Clémentine. Pas trop tôt.

L'orpheline lui sourit en lui indiquant le sentier qui serpentait autour.

Elles marchèrent une heure encore avant de trouver la route goudronnée. En peu de temps, elles rallièrent le village. Les rues étaient désertes. La pluie qui avait remplacé la neige se mit à tomber lorsqu'elles arrivèrent devant la maison des Mariel.

Océane avait peur de sonner. Comment allaient-ils la recevoir ?

Clémentine comprenant ses craintes, tapa à la porte en lui tenant la main. Une minute passa et c'est finalement Pricillia qui ouvrit. La jeune fille sauta de joie avant de crier, Maman, Papa.

Les parents arrivèrent, irrités, devant l'entrée puis un large sourire déforma leur visage en voyant Océane. La mère se jeta sur elle pour la serrer dans ses bras. Les yeux rouges du père croisèrent ceux de la jeune fille un peu déstabilisée.

— Pardon, Océane, dit-il en s'agenouillant. Nous n'avions pas conscience que tu faisais partie de notre famille. Nous avons été indignes de toi, mais si tu le veux bien, nous allons nous rattraper.

— Je te laisserai utiliser mon vélo ! indiqua Pricillia.

— Je présume que tu es Clémentine ?

— Oui, Madame ! affirma l'enfant en croisant les yeux de son amie.

Quelque chose clochait. Mais ni l'une ni l'autre ne savait dire quoi. Bien sûr, c'était surprenant que les Mariel la reçoivent de la sorte. Mais se pouvait-il que ce soient de vrais sentiments ? La magie de la clef était-elle pour quelque chose dans tout ça ?

Comme les aventurières étaient trempées jusqu'aux os, Roland s'empressa d'allumer la cheminée pendant que sa femme rapportait des serviettes pour les enrouler dedans.

Pricillia avait appelé les parents de Clémentine qui apparurent bientôt tout excités devant l'entrée.

La jeune horticultrice chuchota à l'oreille d'Océane que ses parents d'adoption semblaient vraiment heureux de la revoir.

— On verra avec le temps ! avait rétorqué celle-ci.

Les jeunes filles furent entendues séparément par la police. Une enquête avait conduit les policiers devant un véritable trou, un effondrement naturel en bordure de rivière. Océane et son amie eurent l'autorisation de se retrouver durant le reste des vacances de Noël pour ressasser leurs souvenirs sur Androlia. La police avait fini par fermer le dossier sur leur étrange disparition et avait accepté la version, bien qu'étrange, d'un homme mystérieux qui les aurait soi-disant sorties du trou dans lequel elles s'étaient retrouvées.

La nouvelle de leur disparition avait fait le tour de la ville, si bien qu'au collège tous voulaient écouter leur histoire. Clément s'était rapproché de Clémentine comme le prévoyait Océane et, les semaines qui suivirent, le garçon prit de plus en plus de place dans le cœur de la jeune fille.

Océane prenait dorénavant chaque repas en famille. Il n'était plus question qu'elle manque le moindre petit-déjeuner.

Plusieurs semaines étaient passées depuis son retour. La vie était redevenue normale, les nuits plus longues. Pricillia se montrait agréable et durant un temps Océane aurait pu croire que tout ce qu'elle avait vécu ne s'était jamais passé. Sans Clémentine pour en témoigner, elle aurait probablement fini par oublier qu'elle était la gardienne de la clef magique.

Les années passèrent. Les jeunes filles arrivèrent à l'âge adulte sans jamais s'oublier. Les changements d'écoles, les déménagements pour leurs études, n'entamèrent jamais leur amitié. Clémentine finit par trouver une place dans une école d'agronomie, alors que la gardienne se cherchait toujours.

Les Mariel et leur fille avaient fini par quitter la Bretagne pour s'installer dans le sud de la France.

Océane, qui était restée dans la région, n'était jamais retournée vers le portail. Quelque chose pourtant l'attirait là depuis toujours. Puis, un soir d'été, Clémentine était venue la chercher. Ensemble, elles pénétrèrent dans la forêt de Coat-an-Noz, se laissant guider par le pouvoir de la clef qui orienta instinctivement Océane jusque devant deux chênes-lièges majestueux.

Le corps d'Océane se mit à briller. Un large sourire se dessina sur leur visage inquiet. C'était donc vrai, elles avaient réellement vécu ces extraordinaires aventures.

Le portail émit un son mélodieux et des milliers de bulles de savon se formèrent devant elles pour constituer un mur gigantesque.

Les bulles éclatèrent et le passage s'ouvrit sur le monde d'Androlia. Les couleurs étaient vives, le soleil éblouissant, et là, devant elles, assis sur un rocher, Marlin les regardait. Il était devenu adulte lui aussi. Ses oreilles pointues étaient plus grandes. Il arborait une fière chevelure noire luisante qui couvrait une partie de ses vêtements en cuir qui moulaient son impressionnante musculature.

Océane franchit le portail et c'est là qu'il la vit. Son visage s'illumina d'un coup.

La jeune femme se retourna vers Clémentine.

— Ne m'attends pas, je reste ici !

— Je sais, Océane. Je l'ai toujours su ! avoua l'étudiante en la prenant dans ses bras. Donne-moi des nouvelles de temps en temps.

— Promis ! assura Océane tout sourire.

— Bonjour Clémentine !

— Bonjour Marlin. Je vois que tu as de la suite dans les idées.

Voyant qu'il ne comprenait pas, elle demanda :

— Tu savais qu'elle reviendrait aujourd'hui ?

— Oui et Non. Je viens ici trois fois par mois depuis votre départ.

— Heureuse de te l'entendre dire ! répondit Clémentine en reculant pour franchir le portail magique. Prends soin de mon amie ou je t'arracherai tes belles oreilles pointues.

Lorsqu'elle retrouva la forêt bretonne. Androlia s'effaça et l'amertume l'envahit. Une minute, elle envia Océane mais l'amour que lui témoignait Clément lui redonna chaud au cœur.

— Au revoir Océane ! souffla-t-elle en agitant une main. Vis pleinement ta vie. Sois heureuse.

FIN

GLOSSAIRE

Beaupoid : fils de Lamlin le géant de bois.
Clapsins : sorte d'abeilles sur Androlia qui fabriquent de la gelée de rose pour nourrir leur espèce.
Clémentine : c'est une jeune fille passionnée de botanique. Camarade de classe et amie d'Océane.
Clément : camarade d'école dont Clémentine est amoureuse.
Clef magique : qui a une forme géométrique parfaite. Une partie est un beau diamant, tandis que l'autre est constituée d'or lisse qui s'enroule autour de la pierre précieuse pour former un trèfle à quatre feuilles.
Chelivent : sorte de cheval aussi blanc que la neige dont la queue et la crinière libèrent des centaines d'étincelles lorsqu'il galope.
Ebréelle : il est le frère de la reine Enéamour du monde de El Lou mais aussi le Grand sage du monde d'Androlia. De petite taille, pas plus haut qu'un enfant de quatre ans, vêtu d'une longue tunique bleue constellée d'étoiles argentées et dorées, d'apparence juvénile le mage à pourtant une voix jeune et puissante.

Éfarel : c'est un être de lumière, il est le père d'Océane.
Elwena : c'est la mère humaine d'Océane.
Erwann : il est en troisième. C'est le garçon qu'Océane trouve mignon.
Fagrupan : énorme chenille qui se déplace à une vitesse incroyable.
Fernostre : c'est l'un des quatre mondes celui des esprits malfaisants, « les enfers »
Finfillas : ce sont de petites créatures, toutes minces, aux immenses oreilles et très nerveuses, qui vivent dans les géants de bois. Aussi appelées anticorps.
Du nectar de frule : ça a le goût du lait concentré, ce sont les déjections de grosses grenouilles.
Gonote : ce sont des escargots géants qui servent de diligence. On peut entrer dans leur coquille pour s'installer sur un hamac tendu au-dessus du corps visqueux de la bête.
Gravidon : ce sont des oiseaux électriques grands comme les papillons d'Androlia mais plus puissants.
Lamlin : c'est le géant qui a perdu son petit. Il sera aidé par Marlin et ses amies humaines pour le retrouver.
Lotars : maître de Fernostre, il est le gardien des enfers.

Magicantes : ils sont capables de se transformer soit en elfes des forêts, soit en de grands loups. Ils vivent en meutes et sont les gardiens du monde d'Androlia. Certains vivent à l'extérieur du monde magique tandis que d'autres vivent à l'intérieur des frontières. Ils interdisent que les habitants des deux mondes se croisent.

Marie Mariel : tutrice d'Océane qui ne l'aime guère.

Marlin : jeune elfe à peine plus âgé que les deux humaines. Il a de longs cheveux bruns, des oreilles pointues, de grands yeux verts et un sourire de vainqueur. Il porte des vêtements amples remplis de poches larges, des chaussures en cuir en forme de pétale de fleur.

Paradis sur Androlia : appelé le royaume des rêves.

Pricillia Mariel : fille des tuteurs d'Océane.

Pompar : Professeur d'histoire-géographie et de français au collège.

Océane : c'est une orpheline aux yeux bleus et aux cheveux roux. Son père est un être de lumière du nom d'É et sa mère était une humaine nommée Elwena sur Androlia, Ève sur Terre. Elle aime en secret le jeune Erwann qui est en classe de troisième.

Quork : étrange créature ressemblant à un bout de bois qu'Océane a trouvé dans la forêt. Il a muté en une sorte de petit bout d'humain aux traits marqués de profondes stries, mettant en évidence un nez pointu, une bouche aux lèvres charnues et des paupières aussi larges que ses grands yeux expressifs. Paupières faites de plaque d'écorces fines.

Roland Mariel : tuteur d'Océane

Savadge : chef des korrigans qui vit dans Lamlin.

Sarzarc : maître d'armes au service du grand sage. C'est un être de la nuit qui a réussi à devenir un dragon terrifiant. Il œuvre pourtant pour le bien et protège le grand sage en remplissant des missions pour Ebréelle.

Téogral : c'est le korrigan qui a volé la clef du portail magique pour abuser les humains avec sa magie.

Vlandavios : ce sont d'immenses papillons qui vivent dans des arbres aux fleurs gigantesques aux abords du royaume des êtres de la nuit.

Yacpadal : c'est un quadrupède de la taille d'un cheval. Le Yacpadal est un charognard qui chasse rarement ses proies, préférant fouiller la nature à la recherche d'animaux morts ou blessés. Ses deux cent cinquante kilos de muscle, ajoutés à une mâchoire mortelle, font de lui un redoutable adversaire qu'il est préférable d'éviter.

Du même Auteur :

À partir de 6/8 ans :

Capucine et l'étoile Céleste, roman illustré

À partir de 8 ans :

WIBO : Conte de noël genre fantastique

À partir de 9/10 ans :

La série **PERLINE** : Genre Féerique fantasy

On découvre le monde voisin d'Androlia dirigé par la sœur du mage Ebréelle.

1) Exotia
2) Janaël
3) Krul
4) Mirapolis

À partir de 9 ans :

La série **GORNE** : Genre Fantastique voyage dans les univers

1) Les Vorateurs 8/ 9 ans
2) Noulva 9 ans
3) Gamborion 9 ans
4) L'harmonie divine 10 ans+
5) Shaan'ti
6) Ghiann

À partir de 9/10 ans :

La série l'**Orbitaorlus** : Genre Fantasy DRAGON

7) La communauté de l'œil
8) Swagg
9) La forêt de Souad

À partir de 14 ans et plus :
BON LECTEUR CONSEILLE

La série **À l'aube des temps nouveaux** : Science Fantasy

1) Le mystérieux héritage de Diéla
2) Sombre Destinée
3) Bouquedor
4) Le peuple Yiins

Bibliographie de l'auteur GHISLAIN FERNANDEZ
Aux éditions Fantasy-parc :

Saga à l'Aube des temps nouveaux :
- Tome 1 : **Le mystérieux héritage de Diéla**
- Tome 2 : **Sombre destinée**
- Tome 3 : **Bouquedor**
- Tome 4 : **Le peuple Yiins**

Série L'Orbitaorlus :
- Tome 1 : **La communauté de l'œil**
- Tome 2 : **Swagg**
- Tome 3 : **La forêt de Souad**

Androlia

Série Amoundour

Série Perline:
- Tome 1: **Exotia**
- Tome 2 : **Janaël**
- Tome 3 : **Krull**
- Tome 4 : **Mirapolis**

Série Gorne :
- Tome 1 : **Les Vorateurs**
- Tome 2 : **Noulva**
- Tome 3 : **Gamborion**
- Tome 4 : **L'harmonie divine**
- Tome 5 : **Shaan'ti**
- Tome 6 : **Ghiann**

Capucine et l'étoile Céleste, roman illustré
Wibo, roman
Pupuce, album cartonné, illustré

L'AUTEUR

Ghislain Fernandez est né en 1972, dans le sud de la France. Auteur notamment du somptueux livre d'Androlia et de la série l'Orbitaorlus qui l'ont propulsé dans le monde de l'édition, il nous embarque toujours plus loin en utilisant de la science Fantasy, de l'utopie, de l'héroïc Fantasy, du fantastique ou encore, en écrivant des contes pour enfants avec le même objectif : nous faire rêver, nous proposer des voyages incroyables dans son imaginaire sans limite. Il nous interpelle par l'originalité de ses ouvrages, nous proposant des balades dans des décors somptueux, mettant la magie, sous toutes ses formes, pour nous permettre de retrouver notre âme d'enfant.

Site : https://www.ghislain-fernandez.fr
Page Facebook : Ghislain Fernandez Écrivain
Instagram : Ghislain Fernandez

L'ILLUSTRATEUR

Michel Borderie est spécialisé dans la Fantasy et la Science-Fiction. Depuis la fin des années 80, il travaille pour de nombreux éditeurs de romans, magazines, revues et réalise bon nombre d'affiches de festivals de l'imaginaire. Après avoir réalisé une BD, un one-shot aux éditions Clair de Lune en 2005, il se spécialise dans le Roman Graphique.

Il obtient en 2001 le Prix du Public au Salon « Visions de Futur » de Paris et participe à bon nombre d'expositions collectives et privées. Depuis 2013 il est le Directeur Artistique des fresques du festival Geekopolis. Il est aussi Directeur Artistique de la collection « Carnets des Croquis » aux éditions Armada et son propre Carnets paraît en 2015.

SITE : http ://michelborderie-art.blogspot.fr

Éditions Fantasy-Parc
Association loi 1901
28, rue des Bergeronnettes
29120 COMBRIT
02 98 51 31 14
06 72 37 72 67
contact@fantasy-parc.fr
fantasyparc@gmail.com
Siret : 800 176 323 00015

SITE : **https://www.fantasy-parc.fr/**

IMPRIM'VERT®

Troisième édition
Imprimé en France

Par SEPEC Numérique
1 rue de Prony-ZA des Bruyères
01960 Péronnas

Dépôt légal : Novembre 2017

ISBN : 979-10-97317-02-7

PEFC 10-31-3532

IMPRIMÉ & RELIÉ en FRANCE par sepec-numérique

Loi n° 49-956 du 16 juillet 1949 sur les publications destinées à la jeunesse